POÉSIE COMPLÈTE
1966-1995

TAHAR BEN JELLOUN

POÉSIE COMPLÈTE

1966-1995

ÉDITIONS DU SEUIL
27, rue Jacob, Paris VIᵉ

ISBN 2-02-023904-3 (Éd. brochée)
ISBN 2-02-023934-5 (Éd. reliée)

Cicatrices du soleil,
Le Discours du chameau,
Les amandiers sont morts de leurs blessures,
A l'insu du souvenir
© Librairie La Découverte/Maspero, 1983, en un seul volume
1ʳᵉ édition, Librairie François Maspero, 1972, 1974, 1977, 1980
La Remontée des cendres et *Non identifiés*
© Éditions du Seuil, 1991

© Éditions du Seuil, février 1995 pour les autres textes,
la présente édition et la composition de l'ouvrage

Préface

A la poésie il nous faut toujours revenir pour faire cesser le bruit que font l'illusion et le désespoir, pour être dans l'essentiel sans tapage, pour rester voisin de l'enfance en ce qu'elle peut avoir de troublant, de vrai et de juste, pour parler avec la mère même si la mienne ne sait ni lire ni écrire, être avec elle, l'écouter et écrire.

Pourquoi rassembler en un seul volume tout ce que j'ai écrit en poésie depuis 1966 ? Peut-être pour faire un bilan et savoir si je peux encore, comme dit Aimé Césaire, « m'installer au cœur vivant de moi-même et du monde ». Parce que mes premiers textes sont des poèmes, dictés par la colère, par le besoin de réagir contre l'injustice et l'oppression, contre le mensonge et la trahison.

J'étais naïf, de cette naïveté qui brûle. Alors je puisais dans les mots tel un cambrioleur qui ne pouvait voler autre chose. Je n'ai pas commencé par des poèmes d'amour, mais par des textes qui ressemblaient à des cris, des hurlements comme ceux qu'on devinait ou qu'on entendait dans la nuit aux abords de certaines villas clandestines où une police parallèle faisait ses interrogatoires.

Tout avait commencé en mars 1965. J'étudiais la philosophie à Rabat. Le 20 mars des lycéens se mirent en grève à cause d'une circulaire injuste et malheureuse concernant leur avenir. Ils manifestèrent. A eux se joignirent d'abord des étudiants, ensuite des ouvriers sans travail et des jeunes sans occupation. Les troubles prirent de l'ampleur et gagnèrent les principales villes du pays. La police puis l'armée réprimèrent les manifestants avec une grande brutalité.

Nous avions vingt ans et nous faisions l'apprentissage de la violence et de la haine. Nous fîmes connaissance de la peur, de la méfiance et du dégoût. Des camarades furent tués, d'autres arrêtés, d'autres enfin disparurent tout simplement. Lorsque nous reprîmes les cours, les choses n'étaient plus comme avant. Nous avions vieilli et notre mémoire était encombrée de blessures. Quant à notre conscience, elle était sous l'effet d'un traumatisme. Commença alors une ère de lutte pour les libertés, pour la justice et la démocratie.

Un an plus tard, en juillet 1966, on créa le service militaire, couverture pour exercer une punition sur toutes ces têtes chaudes, ces étudiants, militants au sein de l'Union des étudiants du Maroc rendus responsables des émeutes de mars 1965. Nous fûmes quatre-vingt-quatorze à nous retrouver dans un camp disciplinaire de l'armée. Les choses n'étaient pas dites ainsi, mais tout le monde savait que nous étions envoyés chez les militaires pour « recevoir une leçon ». Notre « punition » dura dix-huit mois. Ce fut au cours de cette incarcération déguisée que je me mis à écrire de manière clandestine, de préférence dans les toilettes. Je planquais ces feuilles et ces cahiers là où ne risquait pas de s'aventurer la curiosité des sergents ou adjudants qui nous gardaient.

Mon premier poème s'appelle *L'Aube des dalles*. Il a été écrit dans les casernes d'El Hajeb et d'Ahermoumou, entre juillet 1966 et décembre 1967.

T.B.J.
Paris, octobre 1994

I

L'Aube des dalles

Certes l'espoir n'est pas un café qu'on prend par un soir d'été
ce n'est pas un clin d'œil qu'on fait à l'histoire
ce n'est pas non plus un palais à l'horizon intime, l'espoir c'est
    plus qu'une idée vertébrale.

Tu ne peux même pas parler d'espoir. Tu ne sais pas ce que c'est.
A toi la ville qui se situe entre la misère et le faste, entre l'orgueil et
    la lumière dissoute
à toi la ville de cristal et de couleurs, ville de plastique de vols
et de putains, ville qui se donne aux ricains hilarants, ville de
    bidonvilles
et de joie facile,
à toi l'oubli et la quiétude, l'inconscience douce
à toi le ciel d'ivoire et les étoiles d'argent
à toi les matins qui ne changent pas, les jours qui se ressemblent
et les pas inutiles.
Tu sais, ton heure a pris le pli de tes jours et dans ton crâne gît
une charogne en décomposition.
Tu portes en toi la maladie contagieuse de l'insouciance
    horizontale.
Tu vis dans un bocal aux parois invisibles.
Comme une boule de gomme, tu colles à ta peau
                     tu colles à ton sang
et tu t'endors la bouche ouverte.
Tu es opaque dans ta médocrité dorée, tu aimes sentir en toi cette
    puanteur.

Comme une plante, comme une plante tu végètes, inutile dans
ton inconséquence
tu te dérobes.
Sans cesse tu te dérobes, tu fuis, tu te coupes du monde, tu te
détournes, tu caches ton visage dans un prisme truqué, car je sais
que ta face est moche, moche et fade.
Quand un camarade te secoue, tu te perds dans la confusion douce
et amère. L'événement te traverse dans toute ta transparence, dans
toute ton absence.
Tu es absent.
Quand seras-tu concerné ?
Quand sauras-tu que la souffrance est commune, que sous le soleil
méditerranéen du ministère du Tourisme il y a des fronts à relever ?

Je vivais jalousement en plein dans ma torpeur animale.
Incapable de vérité jusqu'au jour où mon quartier s'éleva en
flammes avec ses dalles pour balles et des poteaux télégraphiques
pour barricades, avec son sang et ses veines, avec sa démence et sa
haine…
Je ne pouvais plus continuer à enterrer ma racine, à l'étouffer dans
l'oubli ordinaire, l'oubli de tous ceux qui me regardent et me
traversent, de ceux qui me haïssent en silence dans le mépris.
Comment sortir dans la rue, comment cribler mes jours ?

Un homme a disparu ce matin.

On me dit que la poésie ne peut rien
les mots s'enroulent dans un linceul de sang
Le verbe se coagule en poings levés
et l'homme, cet homme qui n'est plus revenu
un corps
qu'on a dissous dans l'acide sulfurique
un corps
qu'on a trempé dans la chaux
Que dira

le vent à l'érosion
Que dira
le sabre à la nuque déchirée
Quand de cet homme il faudra se souvenir
Cet homme a disparu dans la clarté du matin
Aurait-il été un prophète libérateur ?

Choses interdites entre tes doigts libérées
par ton serment de porter justice à l'enfant
qui tire sur
les seins desséchés
en ce jour où j'ai bu dans tes yeux la souffrance de mes frères et
l'événement ne portait plus de millésimes. Il était en toi.
En toi par cet homme qui tend la main, la paume recroquevillée
ô laideur inutile

pourquoi
encore
implorer ton seigneur et ne pas vomir la haine ricaner incendier
blasphémer et sortir nu dans ta vérité orthogonale
toi qui n'as plus rien
tu habites sous la voûte en instance d'une terre
toi qu'il faut cacher des yeux des étrangers
car tu n'es pas à montrer marchandise négative pour un folklore nié
non tu n'es pas à montrer
tu pourras faire peur aux ricains qui marchent sous notre soleil pour
enterrer les fantômes du Vietnam
oui
va
rejoindre tes semblables même s'ils ne veulent pas de toi et apprends
à ne plus tendre la main ne tends la main que pour cribler le temps
de ta misère
exécuter ceux qui t'annulent chaque jour
dénoncer ceux qui te déshabillent à chaque tournant, qui boivent
    ton sang à gorgée double

15

va derrière l'Enceinte
va.

Je classais mes pas aveugles dans la rue et t'imaginais.

Comment se taire encore
tout ne disparaissait pas sous son regard
pas même les cris de cette épouse qui accouchait dans du linge sale
en l'absence de l'homme
ni ces enfants de quartier rasant le sol et qui ne peuvent jouer aux
enfants, ramassant des mégots, s'accrochant au pan d'une veste
étrangère

Le ciel pouvait choir
tout semblait être né pour le servage
et pourtant sous ce feu incandescent
il y a eu le réveil
mais qui creuserait le premier tombeau au boulevard de la ville ?
Toutes les vies se rassemblent là chaque soir
ivres de creuser la Fosse
Fosse réelle
juste avant l'aube
Fosse qui se recouvrirait de mousse pendant que le jour se lèverait
    sur d'autres blessures

Qui
argentera la Fosse
cet homme qui taille les pierres
cet autre qui traîne une naissance
cette famille qui pleure un père parti quelque part au-delà de
    l'Enceinte ?
les treize cents petits cireurs
de mon quartier ?
Les petits cireurs, tu les connais, toi ?
oui
de ma peau

vous êtes treize cents
à sortir de dessous les dalles courir à l'inexprimable
et répandre l'acier de vos larmes

Treize cents paires de mains
taillées du socle à venir
triturées dans l'amas anachronique
pour avaler la souffrance à bouchées doubles
se plient la crasse durant sur des bottes
qui sont plus bottes que la terre et le ciment
treize cents paires de mâchoires à lapider vos matins hybrides
à vous dévêtir et ramper, vos langues dans la boue

Treize cents enfants
gestes et voix pâles
à vous donner des gifles
à vous tirer dessus
leurs yeux viennent se poser sur vos épaules
comme des chardons
et, vous qui fuyez
fermant votre porte comme votre mémoire

Treize cents questions à poser
tant leurs poumons répandent le sang en crachats jaunes

Faits dans le gravier de la haine et de la lampe à pétrole
à l'ombre du bulldozer et de l'erreur
vous restez
treize cents chiffres décimés et schémas d'enfants à briser le blanc
    de l'espace
à traîner des ventres troués et des hardes
en suspens.
Cependant
le temps a mordu dans vos lèvres comme le pus vos trente-deux
    mille dents

Treize cents viols à la clarté des assassinats ordinaires

A l'insu du soleil dont vous êtes les enfants
– comme dit l'Occident –
vous tendez vos corps à portée d'injures et l'on marche sur vos
    poitrines

Oui je connais les petits cireurs
lexique de la misère en spirale
espérance meurtrie

Ils envahissent mes nuits
mon sommeil tranquille
de ma peau
ils sont devenus de ma peau

oui je me ferai petit cireur
je dormirai
de votre sommeil famélique

mais si vous ne voulez pas de moi ?
si vous me chassez
où irai-je avec ma mémoire retrouvée ?

Non
tu n'es pas du pays de ton enfance
tu n'as rien vu
tu n'as rien connu
ni les murs noirs des prisons
ni la terre retournée
ni le bordel d'enfants pour homosexuels de l'Occident
ni la main qui se pose sur le regard conscient

18

ni la corde qu'on tresse de ses fibres pour ne pas sangloter à genoux
ni le kif qu'on cultive pour vivre

Tu n'as connu de ton pays que la douceur du soleil que vantent les
    panneaux publicitaires

tu n'as connu de la douleur que la rumeur
pas même les mille brûlures du ciel
pas même la honte
la honte de ton silence

Tu sais Orphée, dans notre pays la corruption est de rigueur : à
l'ouvrier qu'on exporte pour les mines de l'Occident, on demande
quelque cinq cents dirhams pour le passeport, un peu plus de mille
pour l'embauche et quelques centaines pour le maintien.
Non tu ne le savais pas.
Ta mémoire, enveloppée dans ton manteau sourd hésite encore
elle hésite pendant que le crime piaule dans les rues en pierres
Non Orphée tu ne peux pas modeler ton hymne à l'amour
les vents t'avaient parlé de l'âpre liberté
existence sans oracle
A présent reviens
reviens sur ta terre nubile
reviens à l'Enceinte qui regorge de sang
reviens voir les bergers dans la ville
visage d'airain
femmes sans voile dans les rues répandant les boules de feu
enfants de toutes les rues dans la folie et le désordre

reviens sur ton ventre hurler avec les veuves de Mars
reviens Orphée
le chemin est amer

servitudes sales aux besognes dégoulinantes
comme les clous du pilori et la haine
à toi d'ensevelir les cadavres dans ton ventre mort
pains jetés dans le cimetière
roc brisé
pierres qui s'indignent dans l'ombre de l'amnésie ordinaire

reviens tracer tes pas dans le goudron incandescent
tailler les dalles de la chair robuste
ramasser les vêtements de deuil que garnit l'édredon des autres
reviens égrener le chapelet de la mitraille
éblouir les nuits sanglantes du feu
de Prométhée africain

Non Orphée
tu n'auras pas à mordre dans une bouchée de sable
ni serrer
les mains décanteuses de poisons
tu n'auras plus à trembler de l'ombre
de celui
qui fait ses ablutions dans la pisse des lépreux
compose sa prière à la bouche des égouts
puise ses fables du gouffre de tes semblables
souviens-toi
il n'y a plus d'ombres équivoques
quand
au loin
la rumeur grondait déjà
annonçait
Mars
Non tu ne peux pas te souvenir de ce mardi
où le soleil ne s'est pas couché
où les dalles n'étaient plus des dalles
où un homme mordit la crosse d'un fusil avant d'éventrer le
    brasier de chair et d'acier

où sa mort paraphée de tous les poings levés
Non, pas de couvre-feu pour le soleil
Non il ne s'est pas couché, tu m'entends Orphée
ses rayons
perçaient les processions mortuaires
sa clarté roulait dans les ruisseaux
des enterrements clandestins
la lune se taisait – elle s'était effacée –
les cimetières remuaient
les enfants ne pleuraient pas
les veuves ne portaient pas le deuil
le soleil dansait dans leurs yeux
pendant que d'autres imprimaient la première tache de sang
Ils ont creusé les rues
ouvert à coup de pic dans le roc de l'Enceinte des entrailles
    béantes
mais l'Enceinte a fondu sous le regard des enfants
redevenue gemme terre sable
dans la plaine, on buvait du ruisseau obscur l'eau de toutes les
peines en ces longs jours de haine où la douleur régnait sans âge
lèvres fendues
bouche saignées
ongles épilés dans la froideur blanchâtre des grottes en ciment
oui
la cellophane à peine imbibée
ne laisse plus passer l'air
mains enterrées dans le mur complice
pieds entravés dans l'absence et le silence
sans fissures

Et vous autres
vos yeux sont ravagés par la rouille de la honte
vous avez trempé vos mains dans la rage et le cri étouffé
toutes volubiles vos mains
écrasent des morceaux de flamme

21

Que restera-t-il ?
rien que des miroirs hérissés
rien que des plaines hurlantes
rien que des fouets brûlants
face à ce mirage qui n'en finit pas

Non Orphée
le soleil ne s'est pas couché ce soir.

II

Hommes
sous linceul de silence

Hommes sous linceul de silence

Camarade,
es-tu vacciné contre toutes maladies toutes ?
es-tu tamponné pour l'emballage et l'amour
pour donner
        ton sang ta voix tes muscles ton corps
pour la prospérité de leur industrie
pour le bien-être de tous notre humanité
pour rapporter des devises et venir raconter aux autres que là-
bas... Ah ! là-bas... ce n'est pas comme ici là-bas à Gennevilliers
Aubervilliers ou Argenteuil cabanes plombées par treize par sept
entassés dans votre fraternité votre solitude votre silence entre le
rêve et l'usine
avec vos sexes en berne
avec votre désir à jamais refoulé
même pas pour ramasser une infection vénérienne courante
Non, pas de putains pour les Nor'af

Assassine en toi l'Arabe
tu es porteur de germes de barbarie
Ressuscite en un autre corps en une autre peau

on te veut
comme nos caisses d'oranges
comme nos caisses de conserves
on te veut
sans visage sans regard sans nom sans famille

25

sans enfants
sans désir
sans désir
on te veut
brute et force
absolu comme un chiffre
en unité de bulldozer
en bras métalliques
mains calleuses
en acier en fer   marchandise courante
                                    et surtout
refusé au souvenir
camarade.

Il est une place
            presqu'île dans le silence
où des hommes viennent accrocher le soleil
dans l'indifférence des remparts
et le refus des autres

une ombre sort un œil
                  et le pose sur la natte

corps à vendre
pièce maîtresse d'un arsenal dur
et des mains dans les fers
j'ai un front pour casser vos pierres
de l'acier pas de la chair

Sur ma vie j'ai prélevé des jours
pour miner votre sommeil
pour pâlir vos rêves
pour polluer l'air
et assurer votre mort
                  violente

Je puise encore dans la réserve des mots-torpilles
                              des serpents à sonnette
                              des nids de violence
pour vous préparer un lit dans l'étang cancéreux
attendez pour savoir
vos larmes n'auront pas le temps de conjurer le ciel.

à l'apparition de la lune les hommes ramassent leur corps
et s'en vont le rectifier à la mer.

Un feu crépite au fond de la gorge

Hommes je vous parle
mains hors mon corps
de dessous les pierres
sortons de l'exil
les couloirs et les caves
les places et les grottes

un peu de ciel dans la poche
mains ligotées
          langue enroulée
                    sang annulé
                         sang fiché
vous mâchez l'attente
ruminez fureur
et cette colère nouée à vos tripes

on enlève vos enfants
                    et vous restez sur terre cuite
                    vous restez dans vos tombes
                    morts et livides
                    jaunes dans l'oubli
                    à l'ombre des nuages changeants
vous cachez votre face
le regard en naufrage
                    vous regardez la télé dans votre tour de silence
                    on vous parle toutes les langues

vous hochez la tête
des Américains sur la lune
vous n'y croyez pas
vous hochez la tête

Hommes
vous n'avez pas de terre
vos enfants sont dans la ville
horde méconnaissable le feu dans les baraques taule et zinc
poitrines gonflées
fronts cuirassés
frappent
frappent l'air indifférent
dynamitent ponts suspendus entre l'espérance et la solitude
montent vers d'autres cieux
prennent le chemin de l'Enceinte
rient du printemps des autres
campent sur pelouses synthétiques
mangent l'herbe et la pierre
et vous regardent

tout se confond

dans la haine languissante
un feu crépite au fond de la gorge.

Le dernier festin

Venez prendre votre dernier repas à la table du saint truand
moussem de la fièvre qui monte
table ronde et basse
vous y serez tous
corps et sexes mêlés
                    prophètes et imams
                    tolbas neurasthéniques
                    kifeurs manchots
                    et hommes de tous les vendredis
plat démence une.

Levez mains jointes au plafond et dites ce qu'il faut pour la santé du
féodal qui part à La Mecque se donner quelque réserve de pureté et
d'alcool.
Arrêtez-vous au portail et baisez le seuil.
Sortez de dessous les djellabas sabres et torches.
Pas même le temps de roter. Envoyez et asseyez-vous.
Que chacun reprenne son os.
Le festin est terminé. Recueillez dans un bol votre part de cendre.
Partez de par la ville annoncer la fin du festin.

Silex de retour

Les doigts disparaissent dans les vagues debout

après
avoir filtré les nues et ouvert quelques plaies.
Saupoudrées puis calcinées.

L'œil se déplace et écrit des mots en spirale ciel gratuit ciel
    millionnaire.
Illusion à dissiper. Provocation à outrance.
Lessivées vos étoiles tentatrices.

J'ai regardé la lune le jour et je n'y ai reconnu qu'une main oxydée
avalée par les nuits andalouses renvoyées pour non-identification.
Nous avons tous regardé la lune le jour de peur de l'échancrure
combien y ont reconnu une mer d'avenir.
Une balle.
Un trou dans le ciel.
Taillées sont à présent les mains sur silex de retour.

Parole posthume

Le monstre m'offre des oranges au jus vitriol.
Je les suspends au-dessus des yeux et me fais des petits trous
   autour des paupières.
Ensuite il me tend une vrille sans fin.
Je fais des trous dans la tempe.

L'œil traverse la jambe. Laisse un rayon sur son passage. Et puis
   plus rien.
Je verse l'éther et c'est la parole.

Corps en boule sur monts additionnés.
Énergie toute sur ondes de destruction tournoie et s'arrête sur
   écran en peau tannée.
C'est ici que bute la parole. Champ de sable où le chameau rit et
   se prosterne.
La parole sera prière symbolique pour mieux saper les mémoires
   en fleurs.
Sur ventres remplis de musique héroïque la fureur annonce
   séisme.
La parole est en vente aux souiquas le matin et aux cimetières le
   soir.

Vous l'entendrez à volonté. Jamais le silence. Jamais un blanc.
Quand vous serez fatigués, enroulez-la dans le pan de votre
   linceul et jetez-la dans le puits.
Il n'y aura plus qu'une résonance aveugle. Celle de la victime.

Cependant du puits remonteront des fusils. Vous avalerez leurs
 syllabes.
Un chat roule dans la gorge. Joue avec vos enfants et vous enterre
 dans un terrain de golf.
Les paroles redeviennent fusils.
Les cadavres se mettent en rang.
Nus.
L'œil à la nuque.
Parole réductrice.
Vous annule.
Pour votre salut consultez la terre. A vous d'apprendre langage des
 damnés.

Attends voir

Peuple défait.
Ton pain s'émiette en cérémonies sur monts de rappel sous la pluie
palabre musicale.
Attends voir un peu-et-tu-verras-des-œufs-
d'or-dans-ta-chaumière-et-tu-verras-des-
figues-diamants-du-lait-dans-ton-ruisseau-
du-miel-dans-ton-puits-des-vierges-dans-
ton-harem-tu-parleras-aux-oiseaux-aux-
reptiles-aux-rapaces-attends-voir-ton-
bidonville-une-villa-avec-voiture-de-
service-chauffeur-domestique-avec-télé-et-
piscine-chauffée-et-téléphone-et-télex-en-
contact-permanent-avec-toutes-les-
illusions-et-les-rêves.
Attends-voir.

Ombres et squelettes des crépuscules

Ombres et squelettes des crépuscules
nous quittons la ville
à l'orée du combat éteint
notre mémoire pour tout bagage

nos rêves ouvrent des sillons dans le ciel
et l'astre nous câble messages de solidarité
nos yeux se retournent une dernière fois
lavent l'écume de votre sommeil
nous quittons la ville
                              et apprivoisons grains solaires
l'asphyxie a trouvé demeure dans peau de chacal
se consumant avant le retour

Nos mains sont de l'autre côté de l'Enceinte
elles ont pour elles l'espace toujours
se nourrissent de la terre étale
de la torpeur secoué le joug
bâillonnée la nuit toute
et
sur vos épaules
la lame
le fer
la colombe traîtresse

nous quittons la ville
s'élève une voix mille
trop de sang à sécher
le soleil nous offre une cellule.

Au pays
du bleu du ciel non d'azur
j'ai suivi l'aveugle et la caravane
                              suivi
j'ai laissé des pas sur le bleu du sable
                                   laissé
j'ai cherché un pan de mémoire dans le guide bleu
je n'ai trouvé
qu'une main dans l'émeute
se confond avec l'étoile

main
mirage du sud
main de l'homme voilé
catapulté
           cheval affolé dans les ronces
l'oiseau bat le ciel
                      et tourne le vent
le regard s'arrête aux portes du désert
déjà
lointain le souvenir
arrivent chevaux scellés
                         fouettent soleil-gangrène
                         fantasia de vos rêves
arrivent hommes bleus
vous

en cortège désorienté
affamés
vous chassez la couleur
vous chassez le phantasme

mais alors
les hommes bleus ne sont pas bleus…

Agadir année zéro

Ruine cendre corps.
                    Air pollué.
Mains répandues.
                    Statues renversées.
                    Tête ciel par-dessus mur béton.
Doigts rasent œil nu.
                    Blancheur teint sang étoile.
                    Blancheur clarté sanguinaire.
Ombre.
Fini jour millions nuits barricades.
Ombre face au soleil.
                    Confondu cri.

                    BLOC (A)
Rayons X Y Z.
                    Fissure dans ton dos.
                              Lumière quadrillée.
Pendu.
Chevilles percées. Œil cavité béante. Chute folle.
Soleil à l'envers. Vampire des jours qui tremblent.
Demain la parole. Murale.
                    Régnera blessure reflet sol
                    pierre la boue sang caillé.

BLOC CIMENT (B)
Rêve

Bleu dromadaire. Bien sûr désert. D'Arabie ou d'ailleurs.
Prise du ciel. Courbature de la mémoire. Sigle enfer chimère mille fois.
Index rouge vrille sur solitude remise à jour. Index sur silence en partage.

VIDE TON VENTRE charogne
Murs quatre en foule face.
                    Cadre ton pas souffle dans appareils électroniques.
Ajournés mouvements ondes vibrations.
Annulé cœur plâtré dans peau de chacal.

                                                    Tu referas

lumière pour contes plastiques.

                                                    Tu redonneras

nuages étalés.
            Mâchés à la ronde.
            Haine. Un mot. Car tu sais.
Accalmie suspendue.
imagine sang sans trace sur corps ceint fils de fer

                                                    MURS QUATRE
Équation ouverte sur océan.

BLOC MICA (C)
Rêve debout

Genoux sciés au flanc du souvenir.
Tu maudiras. Seul. Sur le dos.

                                                    Tu compteras

trous de balles
Partout doigts toutes directions se pointent.
Flux de toi.

                                                    Tu le feras

Racle fêlure.
Paupières roulées.

Étoiles dans les yeux.
électrodes dans appareils génitaux trois cents grammes de sable dans la
bouche mémoire/corps disséqués l'aube
Murs quatre à la ronde.
　　　　Murs quatre mobiles
　　　　　　avancent
　　　　　　se multiplient
　　　　　　tournent
　　　　　　　　　　　　FRONT OUVERT
Miroir hirsute.
Tu te rappelleras la cendre.

　　　　　　　　　　L'ŒIL
　　　　　　Coulé dans la chaux.
Dans ta mémoire une embuscade.
　　　　　　　Voix avant.
　　　　　　　　Hurle une fois
　　　　　　　　trois.
Souffle incendiaire.
Écoutez.

une ville dans un crâne.
Accourent. Mots.　　　Roc tes mains. Silex ton écume.
Spasme terre briques.
　　　　　　enfant à l'œil nu de la ferraille.
Les voitures dans vos tombes.
Fumée de vos pores.
　　　　　　La charogne ouvre ses rues.
Dents en herse.
Soleils
　　　Signent arrêt de mort.
　　　　　　　　　　　　FEU

41

Une ville pour mémoire

Cet enfant qui vient de naître t'interroge se met en travers
    de la douleur que tu consumes.
Tu prends ton café lis le journal à la page sports et enfonces
    tes mains au fond du goudron de ton marasme.
Tu te lèves et parcours la ville une araignée dans le corps
Col relevé dans le brouillard de ton regard tu fais homme
    ombilic pendant.
Tu voles à la ville un peu de son ciel.
Tu entres le consommer dans un W.C. tu ressors avec une jambe
    en moins.
Tu expulses le jour à coup de proverbes et de bières fraîches.
Le soir tu t'étales sur le sol mouillé de tes illusions.

Les tigres agonisent

Et ceux qui caressent l'astre d'une main impure
pendant que le front saigne
                              saigne corps suspendu
dans les ruelles de vos veines
Nous arrêtons l'image d'une tendresse retournée
Un monde n'est pas notre monde
à peine un orphelinat
naufrage superbe de tout un peuple
fracassé
échoué sur table d'opération
exporté
en lambeaux
                    peau tannée
par le soleil complice
peau tissée des nuits durant
avec le mythe l'homme un lion
                              qui porte l'Afrique sur le dos
du courage ton sang
avec légende voûtée pour totem
et leur regard sentinelle
                              ferme le jour
                              tarit la source
                              avale nos étoiles une à une
Nous reste l'obscur beau soleil noirâtre
soleil têtu
soleil sang en coulée sur corps dans les fers

43

soleil en papier des doigts de l'enfant
soleil roc à pic sur dos courbé

     corps qui plante
     corps qui chante
     le soir est une absence
soleil notre chancre
     nous brûle les yeux
     nous renverse et tombe dans
     les failles de notre silence dans
     le tumulte du folklore
soleil aire peuplée du crépuscule de notre pensée
soleil l'idole que nous chassons
une île à pourfendre dans notre espoir
et la cire de notre mémoire a fondu dans le dernier banquet
nous lançons un ultimatum
     à l'oiseau sédentaire qui étale le ciel et
     lui érige une statue pour l'éternité
Mais notre terre est rouge
     rouge et profonde
enceinte d'armes et de feu
la forêt avance
pour témoigner sur
     l'homme
     lynché par les mercenaires de
     toutes les couleurs sur place
     publique
     pour rappeler la face qui se
     détourne
     et le ciel indifférent
la forêt avance
     pour compter les forçats
     briser les fers
La boue verte a séché sur nos fronts
et nos yeux scintillent dans la nuit froide
des chevaux cavalent dans nos têtes
fouettent le ciel

L'Afrique a déposé dans nos veines de ce sang qui bout
sang prodigue
qui monte comme la fièvre
qui fait pâlir le missionnaire
qui fait tomber le masque
sang indigène à avaler
sang qui jaillit sous le talon de l'orage
chante sur les eaux de l'été
la désobéissance aux quatre coins de la fraternité
sang brasier à sécher nos cicatrices
à frôler le souvenir
sang brasier
c'est l'heure du siège et du désordre
interroge la terre et le buisson

Les maisons se déplacent le long du fleuve
l'eau monte sur les toits
la digue de l'attente est rompue
et l'abîme notre sang
                une race en effigie mise en équation
                race sinistrée livrée de bonne heure
                aux ethnographes
sang tapi dans nos banques ambulantes
sang qui saoule toutes les morts
mort corrompue par ce sang
                        qui s'exhibe
sang remis à jour dans toute zone où le feu en appelle

Des mercenaires-vampires font des rapts
traite de la mémoire-nègre
mémoire qui pèse lourd
mémoire d'Afrique
                déborde l'océan
                        et vous poursuit dans le délire
                        du sommeil agité

dents d'Afrique blanches toutes
et l'on soupèse nos testicules

mercenaire voilé
à chaque mort démasqué
nu au flanc des tempêtes
la forêt avance dans la tornade à la croisée des vents

A sa treizième mort
un homme fut enseveli dans la boue verte de notre espoir
sa mémoire paraphée par tout front relevé
nous appelle au levant
pour le feu la mort
                      jamais mort
des profondeurs de l'abysse
tendre l'embuscade
aux tigres métalliques qui
se faufilent
sur ciel mis à sac
avec ses nuages qui logent bombardiers et crapauds
ciel aux surprises de l'herbe brûlée
une case pour le napalm
une autre pour les prières
ciel des pages à tourner
et des paupières en herse
                        annoncent le déluge
le ciel feindra encore de lire le destin
il nous envoie ses coulées chaudes
qui déferlent sur nos villages
brûlure élaguée
c'est la nuit qui dure
dure sur dos d'indigènes
et nos mains ouvrent des routes
dans le chaos des sbires

sillonnent l'espoir dans l'eau
                    qui n'est pas douce
et remplissent les corps de jours à mourir

Ma voix pointe le doigt
sur cercle de cadavres en réunion-plénière-pour-
décider-des-sorts-sous-l'assistance-des-sentinelles-
l'œil-la-main-technique
ma voix
        fait la marée
retourne le fleuve
                    pour d'autres semailles
je n'ai
        plus qu'une cicatrice dans ma citadelle
et ma fraternité de damné en première ligne s'annonce à i'heure
de toutes les tempêtes sur les trois continents
ma voix hors les fers de mes mains
                            se mêlent à l'aube sauvage
déposé l'été dans les yeux

Depuis que les sacs de blé yankee
sont retournés à l'envoyeur pour adresse-inconnue-
et-refus-de-reconnaissance-accoutumée
la terre ferme ses fissures à la face noyée
nourrit ses fils d'algues douces
et prépare un lit toutes dimensions à la charogne
de vos bonnes intentions

Nos jours à la mue de l'été éclatent
                        face à l'épave
agonisent les tigres
                dans la nuit
                l'aube décimée
la main tentaculaire efface l'œil mort.

L'homme sinistré se relève.

III

Cicatrices du soleil

Cicatrices du soleil

Déposées sur le voile du regard
elles fument des pensées de sable
c'est la chute
la parure.

Suspendues au sommeil séculaire
elles retournent les racines d'une saison.

La terre
de connivence avec le ciel
retient la mer
délivre l'écume
retourne l'étoile tatouée sur notre front
« le front c'est le Sud ».

Un siècle en faux
labouré par l'écriture du ciel
un livre radié de toutes les mémoires :
l'imposture ;
l'œil recueilli dans une cuiller
donne au matin
la mort douce.

Que mon peuple me pardonne

Toi qui ne sais pas lire
　　　　　　tiens mes poèmes
　　　　　　tiens mes livres
fais-en un feu pour réchauffer tes solitudes
que chaque mot alimente ta braise
que chaque souffle dure dans le ciel qui s'ouvre

Toi qui ne sais pas écrire
que ton corps et ton sang me content l'histoire du pays
parle

Serait-ce illusion de l'arc-en-ciel
que d'être de toi
de ce corps qu'on mutile

Je lirai les livres à l'envers
pour mieux lire un champ de fleurs sur ton visage

Je parlerai la langue du bois et de la terre
pour entrer dans la foule qui se soulève

Je débarquerai dans les blessures de ta mémoire
et j'habiterai ton corps qui se tait
Nous dirons ensemble le printemps aux enfants des terrains
　　vagues

Nous dirons le soleil moribond à l'astre qui se vide
Nous dirons changer la vie à la montagne anonyme la montagne
    qui avance

Pendant qu'on classe les affaires courantes
on danse sur le dos uniforme d'hommes et de femmes
on rit et mange le foie des mères en deuil
Nous retournerons la bête défigurée aux archives des ministères

L'histoire n'a plus l'intention de bouger
elle s'accroche aux fibres de la mort
et préside la séance d'ouverture à l'abattoir de la ville

Notre histoire est un territoire de plaies que ferme un printemps
    d'euphorie

Souviens-toi
on s'en allait dans les champs semer l'espoir
on retournait la ville comme la terre enceinte

on découvrait des arbres sauvages prêts à percer le ciel
et des milliers d'épaules volontaires pour porter ce pays au faîte
    du soleil
on croyait à l'aurore diamantée
l'aube pointait à l'appel des enfants
la rue dansait sur nos bras
on oubliait que la lumière pouvait enfanter une âme étrange
on se soûlait au feu pour mieux enlacer le lustre du ciel

Et puis la ville et le ciel se sont décomposés
le rêve brisé coulait sa peine dans les ruelles désertes

Le peuple a ficelé l'espoir à l'attente
                    allonge les vendredis
                    boit le rouge

fume le kif
mange les vers de terre
et prend le soleil

les autres
mains et sexes corrompus
jouent notre mémoire au poker

notre mémoire se fane
notre mémoire sommeille

Peuple
ma tête est lourde
elle est charogne
elle pue le verbe
elle tombe

Je la donne à la vipère maudite

notre folie
notre colère
enlacées à la vipère maudite.

Marrakech l'œil

Et la horde s'installe au centre de la fissure en sang l'œil recueilli
    dans une boîte métallique et la mémoire sur bande magnétique
il va falloir se déplacer et suivre le chameau hagard qui pétrifie
    l'image et la parole
Rouge pâle tes murs
et tes palmiers fatigués
                le ciel choisit la teinte
l'ordre n'est pas de chez nous et si un enfant peut étrangler son cou
avec ses chevilles tant mieux on reconnaît la qualité du spectacle
                         l'idée-flash
Qui dira ouelad sidi hmadou moussa une légende
Reprenez vos sacs de boniments et rentrez chez vous mais voilà
       que le chant de la source vous poursuit et vous jetez une
       boîte de sardines à la face retournée
regardez cet homme
       il vous berce dans sa folie mercantile
suivez son regard
       lapidez votre progéniture
       donnez votre front à tatouer
       et revenez exhiber vos sexes dans la foule qui s'est arrêtée
       levez la main droite et dites avec moi

       demain notre violence en équation
       la koutoubia à domicile
       les tombeaux saadiens en miniature

Vous partez
        le djinn à vos trousses
mais ouvrez votre poitrine et mettez-y un peu de notre verbe

Témoignent les étoiles

Place ivre
        tourne et se retourne
Terre trouble
        où est ton errance
Les serpents bavent sur ton ventre
et tu roules dans ton voile sans pudeur
strip-tease du crâne qui se fend
le ricain tire sur l'Africain sauvage quelle merveille photo du Maroc
ma déchirure sacré sauvage à jamais rebut darde la haine rime le
marasme
festival du ventre ouvert lapidé peau noire et hommes bleus foire de
la mémoire inondée exhibée charme la terre enceinte et qui tremble

> *tes enfants ne savent plus où donner du feu tes enfants refusés*
> *à l'âge interchangeable glissent entre les rayons d'un soleil*
> *légendaire et viennent frapper un à un à vos portes éjectés de*
> *l'Enceinte bâillonnés du temps*

on les ramasse avec une pelle
                comme les chiens écrasés
                                l'aube.

**Des choses
cet été
Marrakech**

Depuis que nous fabriquons des soleils à volonté
des soleils prêt-à-porter
                dans l'ordre de la clarté et de la lune
                mesquine

des chevaux pure race
                habitent notre rétine

des palmiers préfèrent l'exil au ciel ouvert
                nous envoient la pitié en crachats doux

Depuis que l'oiseau a fendu la lumère de notre blanche torpeur

Depuis tant et tant
                foules
                hordes
                poitrines collées à l'asphalte

La flamme, l'aurore et l'espoir
ne sont que des vocables qui caressent les fesses des tortionnaires
    et chatouillent leurs aisselles salées
ils rient du verbe et du courage
et s'aspergent de bière fraîche :

Du bois sec à la place de la langue
la salive amère dans les yeux
un bout de rêve accroché à la lumière du matin et puis les murs
ne bougent plus.
C'est l'accalmie.

Nous sommes coincés dans l'étau du silence / l'air passe par le
condensateur / se charge de toutes les sentences / vient habiter
nos corps.

D'une nuit à l'autre.
La chaux fait des trous dans les corps
des fleurs folles poussent dans les trous
béants que draine l'horizon.

Et le soleil ?

Immobile.

Consent à brûler les pages du poème.
En attendant il a adressé un télégramme de soutien et de
félicitations au patron du club méditerranée de Marrakech.
C'était à l'occasion du viol de quelques femmes du Sud.
On fit venir la mer jusqu'à Marrakech. La place Jamaa-el-Fna était
devenue une immense plage de sable chaud et fin. De leur
balcon les membres du club pouvaient plonger dans le ressac de
la mer.
En fait depuis que le club s'est intégré à la vie commune de la
ville, on a surnommé la place Jamaa-el-Fna « Place de la
Compréhension Mutuelle ».

Les touristes étrangers disent aux Arabes : « mon frère », « mon
camarade ».
La honte et le silence.
Immobiles.
D'autres se faisaient sauter les testicules avec un chalumeau.

Les murs parlaient.
La pierre témoignait.
La lumière saignait dans les yeux.
Le pouce et la face apposés sur mille et un procès-verbaux.
Déposition du crépuscule.
Déposition du sang noir qui sort glacé.

Et la mer vient caresser notre front collé contre la pierre.
Les vagues chantent et bercent le sommeil tendre des gens du club.

Main étrangère ouvre ton ventre
                              fouille tes tripes
y trouve matière et pièces à conviction
y trouve une caserne souterraine.

Main gantée te confond avec la pierre.
Tu consens à brûler dans la chaux vive.
Tu prends ta tête et la déposes sur le banc des accusés. Il en sort
    des milliers d'enfants nus.
Tu te dis : elle n'est pas vide ma tête. Elle bouillonne. Elle appelle
    les hommes courbés sur les champs nus.
A côté c'est la mer nouvellement importée. Fraîche et monotone.

Il n'y avait jamais de lune à Marrakech.
A présent en plus de la mer, nous aurons la pleine lune une fois
    par semaine.

Pour le moment nous n'avons plus de sang. Nous n'avons qu'un
    liquide jaune. Notre sang a été terni par le soleil. Quelle
    histoire !

J'ai vu un juge en bonnet de cuisinier dresser un âne pour le
    Berlin-circus.
J'ai vu l'instance divine manger un oiseau vivant sur les genoux de
    Harrouda-la-Destinée.
J'ai vu

la mort nue assurer la garde des prisonniers.
La mort blanche
s'installer dans leur regard leur proposer un compromis.
J'ai vu
la mort bleue faire les cent pas devant le box en cristal
elle colorait vos yeux.
Je sais
vous avez choisi le silence au bout de la corde dans l'oasis de votre
    cœur
vous soulevez la terre
                 et interrogez les pierres
elles vous diront le Livre
elles vous diront l'histoire en haillons
battue comme la terre rouge
la terre qui parle aujourd'hui.

Nous laissons aux « marchands des jardins et des sables » les filles
    nues du désert
les filles qui dansent jusqu'à l'aube la mort / l'ennui / l'oubli / la
    mémoire charcutée

Nous vous laissons

les épices venues du fond de l'Orient au pas nonchalant des cara-
vanes – cumin – girofle – femmes voilées – sexes doubles – roses
séchées – ambre – cocacola de notre pisse – racisme à la cannelle –
henné à l'aurore inerte – complot à l'encens pur de La Mecque –
benjoin à la Lyautey – santal à la sueur du prolétaire accusé de
fomenter des troubles – olives marinées dans le jus violacé de notre
sang – blennorragies étoilées – bois de thuya de cèdre et de citronnier à la salive complice de la rancune du chameau – des ruisseaux
à emporter – l'ombre épaisse de l'erreur – la mort musulmane livrée
en blanc sans pleurs – sans youyou

– la mort musulmane calme et douce face au levant –

notre monde possédé se livre à l'énigme où la mémoire porte le
   deuil.

Les cigognes ne s'arrêtent plus à Marrakech.
L'arbre siège en observateur neutre.
La grenouille témoin à charge.
Une main de faïence accuse.
Un crâne récalcitrant confirme.
A chacun sa justice dans la parodie du ciel.
Le crapaud conteste.
On invoque le soleil et la suite. Absent.
La mer arrive.
La mer monte.
La mer avance.
Les enfants nus derrière.
Il n'y a plus de place publique.
Il n'y a plus de plage.
La mer arrive au grand boulevard.
La mer avance.
On invoque le Coran.
Le Livre se ferme.
Les vagues emportent le tribunal.
Le juge s'enroule dans l'algue.
Les greffiers ont pris le large.
Le sel marin a dissous les chaînes.

L'écume de la vague envoie son premier communiqué :

   A nous le pain et la terre.
   Nous réinventerons le soleil sur carte perforée par la liberté.

Marrakech se relève.

Cette année l'été a eu le goût des figues.
Les nuits n'étaient pas fraîches.
On ne sortait pas caresser les étoiles sur la dune.

A présent les nuits sont à l'usure du roc.
C'est la cécité
pour l'astre qui s'agenouille.

L'homme éclaté

La foule expulsée de ta peau ne connaît pas le matin s'en va étaler
   son front sur la place tournante
tend la main à la pluie pour la bénédiction nécessaire.
La foule de nos matins qui ramènent les épaves de la nuit
bâille pour l'agonie qui suit.

        En fait elle a trop couvé le silence des enfants dénudés, le
        poids de l'ouverture banale dans le dos.

Foule
tu plonges tes membres dans les écarts d'une violence que tes
   filles scandent sur la tête du cyclope arriviste.
Tu restes courbée dans ton errance
dans les méandres du siècle indigne
tu te retournes et maudis l'œil qui regarde du fond de la tombe.

        C'est l'œil obstiné
        l'œil du mort tournant le ventre face à leur pornographie
        télévisée.

Tu maudis les cieux pour l'ivresse des litanies
tu maudis le verbe et l'écriture
tu maudis tes fils qui ont défait ton visage
tu te souviens
le crâne a dit. Le crâne a écrit. Le crâne a soufflé dans le ciel. Le
crâne a coïté avec la terre. Le crâne a décidé la nuit et divisé la ville.
L'horloge rend la sentence : le cerveau a moisi. Sous l'écorce la peur.

Pendant ce temps la foule, nue, se vend. Elle se vend à toutes les langues. Elle ne se souvient plus. Elle règne sur la colonne vertébrale de l'homme éclaté.

Race
ramenée aux dimensions d'un autre voyage. Je l'écris et le dis à l'appel de la foule qui récapitule mille légendes, légendes vouées à la vertu incendiaire, vouées à l'amnésie.

Les rues se vendent et l'air se raréfie.
Survivent les arbres et les machines qui donnent sur le précipice.

Foule
je t'annonce sur mes quatre horizons et je refais la rumeur, le geste
    brûlant, l'animal suspect.
Ils fixent la rançon pour te voir ramper
    pour faire lever le soleil
    pour jeter tes fils dans la chaudière du bain maure
ils te lapident en effigie dans les piscines propres et les parcs de
    la tendresse
ils lancent les appels au plus offrant pendant que tu arbores
    l'illusion triste
ils dansent sur les fragments des hommes par-dessus la rivière
    obscure
ils dansent sur une mer d'yeux dans un sac de sable
ils bénissent les statues molles et les créatures aveugles

et ils racontent

il était une fois ; il sera toujours une fois ; rien qu'une fois ; un monde roué ; une énorme plaisanterie ; un holocauste ; un pacte avec la damnation ; contre les gorges du Sud ; contre les rivières colorées ; contre les murs qui résistent ; un pacte avec Kandischa l'araignée…

Mort d'un charlatan

1. Que ne puis-je être de ceux
   qui se consument dans l'opium quotidien
   vont de café en névrose
   de névrose en suicide
   ceux qui assistent le cœur ficelé
   le crime pardonnable du charlatan qui crée la foule le mythe et
      la légende.

2. Homme aux nattes tressées
   homme au crâne fendu
   tu avales une poignée de clous et de mots
   arraches tes paupières
   épingles ton front sur dos de dromadaire
   creuses une énigme dans la paume de la main
   tu exposes tes tripes au soleil.

3. L'homme au crâne fendu avale une boule de feu
   ne tend plus la main
   ne parle plus aux nuages
   mêle la pierre au chant des femmes de l'Atlas
   hurle :
   « La vérité et les roses logent dans d'autres cieux pour d'autres
      peuples ! »
   Hurle dans le harem du maître :
   « Femme nue des rêves en cendres
   reviens percer mes veines

reviens me conter l'histoire du mirage étouffé
Mohammed prophète
et moi
son serviteur
usé par la prière et l'attente
je tourne sur place au rythme de la gorge tranchée
j'invente des moussems à profusion. »

4. Et toi
   Ya Moulay Abdeslam !
   Ya wally-Allah !
   Je ne me roulerai plus à ta face murée
   je ne me crèverai plus les yeux pour ton souvenir
   révolu le jour où pour ton étoile
   je me nourrissais d'herbes sèches et de serpents venimeux
   révolues les nuits où
   je dormais dans le gouffre d'immondices pour mériter ta
      bénédiction
   Ya wally-Allah !
   je t'adresse mon dernier salut
   il contient le verbe subversif
   je dis à l'ombre de ton regard l'imposture.

5. Et toi
   Ya Moulay Abdelkader !
   où as-tu mis ma corde incantatoire ?
   qu'as-tu fait des filles éteintes pour ton amour ?
   où as-tu enterré sabres et fusils ?
   où as-tu voué ta miséricorde ?
   jusqu'à quand vas-tu bercer notre mémoire sur les chemins
      d'un paradis en carton-pâte ?

6. Les cisailles avancent sur mon corps
   ma déchirure se ferme
   le sang se coagule sur le tissu de ce que je fus

la mer largue les saints dans un bal masqué
Ô vous ! serviteurs de Dieu et de son prophète !
levez la main
                    la main droite, la main pure
priez une fois ; priez deux fois
et vous verrez le miracle sortir en pointillés mordant sa queue
priez pour la mémoire de tous les saints sur une piste de danse
priez pour qu'ils réintègrent le ciel
apprenez que la foudre a changé de pôle et de lieu
apprenez mes frères : elle est séisme !
elle sort de dessous les dalles ; elle vient du fond des abîmes ;
        sourde et froide.

7. Les saints sont morts.
   Je ramasse leur cendre dans un couffin.
   Je suis seul.
   Je n'ai plus de foule.
   Je n'ai plus de mythe.
   Je suis triste.
   Je mange la cendre des morts.

Toi que je dépose sur la vague
        épurée l'écume de l'oubli
Toi que j'annule au laser de mes fantasmes
Toi que j'opère dans la fosse et le soupçon
je te vends à l'océan migrateur
        pour les jours morts à tes pieds
        pour le ciel et la pierre cancéreuse
        pour un pays ficelé à tes rêves
        pour la ville à l'auréole meurtrie
je te donne au tourbillon des animaux célestes
        dans la nuit indigente de ton zoo
je te fais dans le spasme de la mémoire
        sur la suite au piano de ton calvaire
je perce tes chevilles

        et dure l'envol
        comme l'arbre se pose au matin
        l'envers du soleil

notre soleil est une carte postale devenue ville

j'écourte le temps de tes orgasmes à la cassure imitée
comme le feu étouffe la morsure de la nuit
j'habite tes projets d'une coulée douce
        à la tombée de tous les crépuscules
pendant que les souks regorgent de membres pour infirmes

pendant que le sang se coagule et nous intente un procès
        à l'ombre du refus
        à l'ombre des étoiles piégées
tu ouvres nos cicatrices avec une seule dent
        pour nourrir l'attente et peindre l'arc-en-ciel
        de notre substance verte
        de notre sperme nul
et l'on vient en caravane
        se mettre à genoux
        avancer à plat ventre
        déposer notre langue au vestiaire de la ville
        brûler nos cheveux et dépouiller le corps
et l'on se tient immobile au bord du puits
        notre abîme est ailleurs
        dessiné sur l'horizon voilé
        sur notre dos
        dans nos mains qui découpent le ciel
l'œil-revenant sort des mosquées pour blasphémer
il montre d'un doigt le printemps des autres
l'œil-anonyme trace des sillons dans les mémoires ensablées
        dresse les soleils
        retient l'injure
        noue les hommes à la terre
l'œil-éphémère descend comme l'étoile
        à tes pieds

commence la brisure.

Fès ville répudiée

Ville sentier de dédale où le désert se replie
Fiction qui adulait nos rêves

Ville au seuil des égarés
nul refuge que le matin étalé

Ville sans terre
une légende à chaudes larmes
gorgées amères d'un soleil refusé

Ville j'ai appris ta colère à même le feu
j'ai appris l'aube et tes rues qui se donnent

Ville, mille et une nuits quotidiennes
tu n'as plus que les enfants pour otage
l'exil sur tes cimes
l'oubli en échange

Je reviens sur tes pas
mon initéraire a commencé il y a bientôt mille ans

Je dis la ville
et te donne ma mémoire
c'est une enfant enceinte venue de tout astre
où j'ai perdu verbe et corps
déposé les armes veine à blanc

Je dis la rue
et te donne ma démence
rime prodigue dans le murmure du sang
égrène ses destinées sans jamais baisser le front

Je dis la horde
et te donne le ciel
où il n'y a plus que suicides et étoiles meurtries

Nous ne dirons pas le printemps
ni les autres choses
qui font rêver et mourir

Nous disons aujourd'hui le silence
et sortons des archives
les coudes serrés

Fès ô ville des villes
aimée et répudiée
tu n'as plus de berceau
tu n'as même pas tes ruelles à pointer sur des corps

A travers tes minarets
                    fatigués
                momies d'un regard hirsute
se donne la mitraille légendaire
et mémoire en exil

Tes murailles exportées
sur dos d'hommes
au pays qui n'a pas faim
pendant que chevaux de race
lancent flammes sur légendes bariolées

La fissure fait son chemin
entre la pierre et le sang paisible
des mots s'accumulent et vous barrent la route
comme au temps des invasions séculaires
ou de l'erreur prise en héritage

Veuve sur le marché des esclaves
à dire ton nom
                te détruire
et sur tes ruines un feu avec les os des ancêtres

Veuve et tes fils mariés au ciel moribond
laissés à l'oubli en instance de la démence

Veuve enfin sur tes cimes à la racine de ce que nous fûmes pierre
dédale
          un peu de cendre
Dans la rue qui s'insinue en spirale
et s'arrête au seuil du souvenir emmuré
de là l'odeur de tes remontrances
au jour du moussem des moussems
Ya Moulay Driss
tes enfants s'affolent déjà
              quel destin mettre en poche
              quel avenir incruster sur tes murs/amnésie
une parole à suspendre entre les yeux
et la ville s'élève pour partir vers d'autres sites
les puits ne sont plus des puits
mais des réserves d'étoiles
              à distribuer aux enfants faméliques
le feu se noie dans le repos d'une larme
à planter au-dessus des flots qui avancent dans vos rêves jusqu'au
    matin du fanal
un matin éventré par vos larmes à genoux

Ô ville des villes
Tu portes en toi l'absence
et tu règnes à peine sur tes cimetières
tes remparts s'inclinent
                              pendant
que des étrangers sortent de l'étuve
                                        parés
Il ne m'est de toi que l'amnésie
conquise
répudiée
sur monts arides.

un jour le soleil s'est posé au
cœur de l'amertume
les plaies se sont fermées sur l'envol
d'un oiseau
l'oiseau libéré
devint astre du soupçon

Je suis un enfant qui se moque de l'innocence

J'ai été nourri au lait du sphinx
et tôt porté l'araignée dans le foie à voix basse

J'ai engendré la ville des ténèbres humiliées
et tourné sur moi-même
serpent sans tête fidèle au soleil

J'ai provoqué l'astre obscène du maître et de l'Imam
et l'ai entaché de sang dans la cour des miracles
l'astre des sables qui s'est éteint au matin
et me suis retrouvé avec le Livre à l'envers

J'ai pris le train pour fomenter des troubles dans l'eau stagnante
du sommeil ancestral
j'ai secoué des chênes
et j'ai vu rire la mort voilée devant le spectacle des têtes
qui tombaient

Ma voix rompue s'arrêtait en tracé désespéré de l'absence
nulle la parole
quand nos mères nous portaient sur le dos
dans les champs
et jusqu'au cimetière
nos mères résignées cherchaient en nous l'enfance

Nus dans notre solitude
nous faisions des trous dans l'asphalte
jusqu'au jour où le temps s'arrêta sur la pointe de notre réveil.

J'ai vu l'aube pâlir
quand le matin a glissé dans la transparence du désir.
Le sable inespéré s'est mêlé au dire confus.
Tout dire.
Quand le tout est un vol incendiaire.

J'ai une ville dans les yeux

Orpheline de son corps
ma mémoire est venue se déposer sur l'écume du vieux port

Elle a découpé l'aile du levant
        et nommé la clarté du visage pèlerin

Donnée et ouverte
la main fait le jour dans la blanche mouvance
se nourrit d'algues de paroles et d'écailles
pendant que sur les toits les colombes indiquent l'itinéraire de
        l'errance

Assilah
        je te nomme et traverse ta solitude
Pierres muettes
        j'ai découvert le rythme de l'oubli dans les racines de
        ton soleil
A l'orée du matin
        la musique demeure
        – une onde vient habiter notre regard –

C'est déjà la mer
        l'instant où la brume nous égare
Nos paupières ne tremblent plus :
        la ville sort de mes tempes
        installe l'azur

remet en place les arbres
appelle les nues
libère le soleil détenu au bout de l'absence

Assilah

en toi l'espoir est un enfant aux yeux immenses où tout
un peuple peut loger

Assilah

en toi la blessure est l'ombre du jour équivoque
en toi mon poème s'incline
ma folie traverse ta lumière
en toi la brûlure de l'œil qui a décomposé tes murs
refait notre souffle sur l'aile vive

Assilah

à quand la légende de l'enfant qui a perdu sa souvenance
dans le flux de tes silences

Quand il fait nuit, je répudie l'astre qui a nourri mes illusions. J'appelle la dune et la pierre. Je marche sur la pointe de tes étoiles. Alors je parle de tes fils emmurés. Je leur demande de tourner la pierre et d'avoir un visage.

Sidi Larbi ne guérira plus ma démence. Je la voue à la mer qui la berce et la colore. Et toi, Sidi Ahmed Marzouk, tu défais la vague à la lueur de l'attente et fais un pacte avec l'astre qui enivre ta progéniture.

et vous dormez sans fermer le cœur
vous donnez l'œil à la clarté

Assilah

que n'es-tu le labyrinthe où je perdrai main-regard-et-
mémoire
j'aurai des cristaux dans le corps
pour dessiner le murmure de la peau de concert avec la
vague
et puis j'irai proposer aux voyageurs

79

des châteaux
une nouvelle légende dessinée sur tes murs

Je leur dirai
Assilah, nos yeux c'était une bourgade, une rencontre,
une histoire, un empire, un voyage.
Elle est devenue souvenir en miettes.
Interrogez la mer
elle vous dira la guerre
elle vous dira la digue rompue
elle vous dira la rouille/l'usure du regard solaire
elle vous dira l'épi rare de notre solitude
elle vous dira la ville qui court après l'ombre de l'écume
vague

Mais regardez : la mer se plie à l'appel du corsaire
L'histoire s'est arrêtée
Assilah vous propose une mémoire importée

Mais Assilah se maquille
Elle se met au bord de la route
Welcome-to-Assilah-Thank-you-for-your-visit-Come-Back-Don't-
forget-Assilah-Choukran-Merci.

Tanger porte de l'Afrique

A quelques doigts de l'Europe
ouverte
donnée
      avec à peine quelque teinte exotique
un grand chapeau de paille et un porteur d'eau de toutes les traces
    bariolé un petit musée un dirham le sourire et la dent en or
    scintille
pose
pose pour le souvenir standard
                        le grand socco
emporté par petites tranches dans le tourbillon des promesses et
    l'illusion embaumée une casbah par maison
des jardins
          nantis
              votre imagination
des places
          coule votre délire
décor nos corps juxtaposés alignés nos corps
Sahara fertile
le miracle notre peau étalée dans les bazars
terrible notre mémoire qui revient de loin
la rue
quinquagénaires traînent leur cadavre
mollusque et voix visqueuse
quelques dollars épinglés sur le front
                     l'œil sur la tempe

                              l'œil sur la gorge
                              la nuque déplacée
des gosses comme des petits pains
des sexes démesurés viennent fouiller dans le dos
arrachent les dents et
              s'en vont dormir sur le sable de leur désir attendent

Non
Pourquoi lyncher l'ombre et redonner le cancer de notre salive
ouvrez leur poitrine
                      dépecez leur ventre
et sortez les rats qui y pourrissent

Ablutions à l'alcool
dans nos mains une étoile
dans notre bouche une mitraille
EXPULSONS LE SOLEIL
de nos murs notre sang
jaillira
en ouverture
ternira vos cieux
                    sept
l'apothéose est la mer
une fois une le sable se meut
                          envahit vos nuits palpitantes
          nuits orientales   nuits andalouses

          nuits d'insomnies nuits le temps à rebours
dans les caves les terrasses
          tout pour un dollar
          de la cervelle en poudre
          du kif en portion
          une nuit avec une fille
          une vie avec un gosse

Circulez entre les murs
              vous verrez des mains suspendues
              des yeux incrustés
              des corps se pointent
                              vous interrogent

Je marche
mes pas laissent des volcans éteints
je marche
et capte les messages anonymes
je n'entends que louanges
je capte un regard désarmé
et m'arrête

La ville est une forêt qu'on démantèle
suite à la Méditerranée qui enroule ses estivants
dans la nuit des pierres
et le mica qu'on dévore

Ville
ô rires furibonds
sur ton seuil je dépose la blessure
qu'éclate le mutisme
ciel se confond avec tes yeux brûlés
                      sur amas d'une vie à refaire
le défi de tes enfants
                à relever
dans la fantasia de ton ventre
l'arbre se plie sous le bras
tu n'as plus qu'à ramper sur la pointe de tes silences sur la pointe
    de tes regards
impensable l'absence des cigognes et des sauterelles quel malheur
    pour un rapt inutile

pousse ton espoir sur les boulevards
tu nommeras la terre et l'instant cendre
la ville s'ouvrira
plaie profonde.

La planète des singes

Courez-y, c'est un pays à consommer tout de suite
Il est à la portée de votre plaisir
Ah! quel beau pays le Maroc!
Ouarzazate! Ah ses cigognes tutélaires qui lissent leur bec au creux de
      leurs ailes
Quittez votre bureau, votre femme et vos enfants

Venez vite vous entourer de fils barbelés dans des ghettos où des
      tripes sèchent au soleil
Venez accrocher vos testicules sur les remparts de Zagora
Allez les récupérer à Marrakech-la-rouge
            laissez hiberner vos souvenirs
            et emportez de nouvelles névroses
Pointez votre doigt sur le ciel
Arrachez un peu de soleil de notre sous-développement
Votre impuissance se multipliera en mémoires décapitées
            et votre nuit d'encre déploiera
            ses murailles en cortèges d'égouts

Attention aux BICOTS
            ils sont voleurs et puants
            ils peuvent vous arracher votre cervelle
            la calciner et vous l'offrir sur tablettes de terre muette ;
(écoutez plutôt une autre voix) :
le club méditerranée est *votre salut*
Ambiance française garantie, exigée, remboursée

85

Montez sur des dromadaires
      votre vertige sera à l'image de votre faim tournante
      votre bouche s'ouvrira pour apostiller chute et pleurs ;
le matin buvez un peu de sang arabe : juste de quoi rendre votre
    racisme décaféiné ;
A vos amis offrez votre mémoire tatouée
      carte postale de la béatitude en aluminium
      résonance obscure de votre crâne-morgue ;
Et puis envoyez-vous un Arabe
      il est nature, un peu sauvage
              mais d'une virilité…

Sexe en lambeau de chair déracinée
restera
      suspendu au fil de votre mémoire honteuse
Vous ne pourrez plus le chasser de vos phantasmes
il vous éjaculera l'humiliation et le viol en plein visage
Blessés
      vous vous entasserez sous les arbres *apprivoisés*
      vous verrez les étoiles se dissoudre dans vos rêves faciles
la fièvre montera et vous cracherez du sang
sur vos bons sentiments
les charognes iront vous crucifier
à l'ombre du *merveilleux soleil du club*
maméditerranée.

Variations sur la main

1. je voudrais te dire tout ce que je porte en moi
   et traverser la ville sans découper le soleil
   connaître ton pas initial
   et le classer dans l'archive des signes.

2. il m'est plus facile de relire la brisure du temps
   au travers d'une tendresse
   que d'accumuler des sentiments à blanc.

3. il n'y a de rafale dans la mémoire que de la transparence
   du corps dispersé dans le ciel qui se lève sur les morts.

4. immaculée ta parole qui devance le temps d'une mort rouge au
   coucher de tous les soleils
   le temps de l'écume soulève ta solitude
   je compte tes retours
   la face contre la dalle des choses.

5. j'ai demandé à l'énigme de tatouer une ville entre les lignes de
   la main et dresser la pierre contre le sort aveugle
   mais j'ai vu l'œil-filant se poser et malmener le soleil au bout de
   l'itinéraire lacté de ton regard
   la main s'est refermée sur une petite lueur égarée.

6. nacre et or l'absence
   la voile cramoisi sur front et masque ouverts

la dune compose la main
l'aube.

7. et il tomba
le désert plein le cœur
au début la pierre n'était pas angulaire
elle est devenue nacrée parce qu'une main l'a frôlée
quant au Livre
il faisait la mer et roulait les yeux
le lendemain la fissure fit son chemin
dans le dos de l'homme tuberculeux
l'œil posa pour la postérité
je me relève,
je multiplie les déserts
                         mirages reclus
confondus avec l'astre inutile
c'est le Sud
             l'absence
et l'illusion nulle.

8. si l'astre voyeur remonte du puits
vérifie de quelle légende il s'est nourri
et s'il frappe à ta porte
n'ouvre pas ton visage
entre toi et lui
ta main
seule ta main pour arrêter le spectre
et pénétrer le mal
                    l'œil fermé sur la mort.

9. chaque main est une solitude usée
pâle la caresse amovible sur l'inquiétude
délectée à l'insu de la honte bue
la peur froisse notre mémoire.

10. debout l'extase d'une main que la lèpre a détachée du corps
    revenue au monde
                        anémone
                        signe
                        et refus du temps.

11. dans ma tête
    dans votre tête
    un cheval fait du vent
    dans ma tête
    rire synonyme
    mais ma tête s'est déplacée
    la parole dément la figure éparpillée
    depuis que je n'habite plus une chamelle je me perds
    je hurle et tends la main
    lorsqu'on se baisse je plante un poignard dans le dos
    juste ente la cinquième et sixième vertèbre
    (c'est une question d'habitude)
    mais on renaît
    ce n'est jamais fini
    la terre se dérobe sous votre corps et vous restez suspendus
    l'anus en trompe
    vous fermez l'œil et imprimez la main sur le front des nuages.

12. il n'y a plus rien à emporter
    les souvenirs tombent en arrêt devant le rasoir
    les arbres n'ont plus de fonction systématique
    les fleurs ne sont plus en papier
    le sort se noie sur l'étang de la main vieille de cinq étoiles.

13. folie sans idiome
    et me donne sur table froide
    j'ouvre mon ventre :
                        des chiffres
                        des guêpes
                        et une lune d'acier.

89

Ville sangsue

Ville ouverte
      en blanc
      en noir
      délire
tes rues en grandes artères renvoient ses damnés
mains levées
gueules ouvertes au soleil
ombres quotidiennes dévalent sur fronts en premières lignes

La nuit n'est pas celle des étoiles

nuit en bandoulière
      femmes languissent au seuil des bordels
      filles sans printemps saignent au coin d'une vie
      pendant que des sexes se figent sur corps en
      décomposition
mais le cri se confond dans la lente souffrance
des fibres invisibles circulent
des tympans enregistreurs dans chaque poignée de main
un microfilm dans chaque regard
un sérum dans chaque café
œil tardif se pose
un œil de trop circule sur béquille métallique
dans la ville une foire
et le tour de l'Enceinte
soulève les pierres

accuse
fait des trous

ce que tu lis   ce que tu rêves
ce que tu écris   ce que tu voles
ce que tu dis   ce que tu sais
ce que tu penses   ce que tu imagines

fiché
somme toute
sur carte perforée

A l'heure du sommeil
les bipèdes accourent
                    échappés de leur tombe
par morceaux se présentent

*(Il n'y a plus de lumière dans la ville. Seuls les yeux phosphorescents
rappellent la lueur de la mort.)*

vous donnez les mains
                    des vers sortent d'entre les doigts
revenez sur vos pas : les enfants de l'exode vous demandent des
    comptes
un peu d'eau de bir-zemzem
vous laisse à mi-chemin entre la rédemption et l'amnésie
    immédiate
vous retournez à votre poste après une nuit agitée et vous
    fonctionnez maquillés. Nus.
Un enfant entre sans frapper
                    monte sur votre bureau
                    vous envoie une rafale
                    à bout portant
                    foudre préméditée
                    sans sommation
                    aucune

91

Vous vous relevez
buvez votre sang
le corps en prestance

la ville se referme
l'eau monte.

Pour un passeport

Les poings dans le ventre tu feras tous les couloirs et tu nommeras toutes les portes tu refermeras des nuits sur ton regard pour repartir matin soir ouvrir d'autres tombes sous le soleil qui ricane les portes sont en ciment armé en fer toutes les douleurs tu viendras t'écraser contre et tu ramasseras un peu de ton sang dans un gobelet ordinaire.

Tu vends les deux oliviers la natte l'héritage la parole et le retour et tu dors entre le rêve et l'illusion. L'attente.
Un peu de sable dans les yeux et des voitures te traversent le corps tu te relèves et cherches un peu de chaleur dans les cimetières tu n'as plus qu'à pousser tes dents à tailler tes mains.
Tu circules.

L'arrière-cousin a encore écrit. De tes nouvelles sur les cimes. Il fait un peu froid. Il neige toute la saison.

Reviens voir le sosie du cyclope. Il y a une rature. Et les photos. Pas assez. Tu sais même pas signer. Quel bougre. Barbare. Sauvage. A peine homme.

J'ai tout noué dans ce mouchoir. Les papiers et le reste. Vous pouvez les compter. J'aurais pu mettre aussi un couteau ou un hertz. Quelques graines et une torche.

Te manque encore des papiers.
Pose le pouce droit là. Il faut laisser tes empreintes digitales.

Tu enfonces un poignard d'argent dans sa nuque. Il ne s'en rend pas compte. Continue d'agrafer des papiers des photos d'identité des mains des regards. Reviens dans quelques jours. Le directeur est en conférence. Il ne faut jamais déranger le directeur quand il est en conférence. Le directeur est en congé. Le directeur est au lit. Le directeur n'est plus directeur. Le directeur est dans le désert. Sur un chameau compte les dunes. Charme les serpents. Le directeur a perdu le pouce et l'index. Le directeur ne peut plus signer. Te manque des papiers. Et le timbre. Timbre fiscal.

De ton crâne sortent des sabres des mains armées. De ta bouche tu expulses des boules magiques qui réduisent au silence. Tu expulses des crapauds et des épingles. Tu te retournes.
Foule derrière.

> mes frères je vous parle des temps lointains
> je vous parle du fond de notre solitude
> de pays imaginaire
> et de sa clarté qui saigne
> le silence est un linceul
> qui nous enterre vivants…

Les poings dans les poches tu attends.
Les murs. Fini pour aujourd'hui. Revenez demain. Non pas demain
Demain est fête. Demain est un autre jour.

Ajournées toutes les attentes.
Je prendrai le train ou le bateau. Je mettrai le feu à toutes mes attaches. J'échouerai dans d'autres déserts.

Tu ne ramasses plus ton sang. Riche de ce produit tu le répandras en grandes doses sur des crânes obstinés sur des mains en transes au seuil de toutes les attentes.

La rue regorge d'ossements.

tu me laisses
l'obscure énigme du ciel équivoque
ma tête croit relever la part du rêve écarlate
quand au loin
un peuple se terre
le dos vêtu d'herbe douce

C'est le tout de Ton tout
que j'obscurcis en voulant T'exprimer !

AL-HALLAJ

comment parler dans un corps sans le trahir
comment habiter le vent d'un souffle sans vivre l'imposture
faire semblant d'être un cheval
pour égarer le soupçon
à l'aube étale
et pourtant je vole la parole
au terme / l'amertume en bulles se défait
je confonds la mer et le miroir

se décante l'azur d'un regard

Qui se souvient de la terre brune

Si vous sortez tôt le matin et que vous sentez encore le sommeil et
la pointe du rêve ne regardez pas où vous posez le corps restez en
contact avec le ciel laissez-vous guider par l'oiseau vert
il vous contera l'histoire d'un peuple pétrifié dans l'oubli de la vague
il vous parlera des hommes-reptiles et des enfants-rapaces
il vous parlera des chameaux dressés pour tisser les rêves et s'il vous
arrive de sombrer dans les ténèbres ne criez pas
vous êtes chez vous
ma trappe
profonde
vous contiendra tous
mais voilà que l'inquiétude de cette évidence harcèle les mots sur
lesquels vous suspendez vos pleurs

> les mots fondent à l'approche du jour. Il nous faut
> prolonger la nuit et donner au temps l'asile nécessaire

mais l'ombre se dissipe
l'astre s'insinue dans la faille de notre absence. Rompue l'éternité du
ciel qui a élu d'autres territoires. Durée. Mon espace à l'encontre
des rimes. Se superposent les mémoires dans d'autres corps. Ces
corps se dépouillent pour s'annoncer à la nudité de ta voix.

> je suspends le dire. Je ne nomme plus. Je laisse la main
> fouiller au risque de survivre.

Ailleurs la source découverte. Ailleurs la mort circule dans la quiétude du soir. Un murmure parallèle dessine hors de la clarté piégée. C'est notre accoutumance sur fond d'airain. C'est notre accoutumance en instance d'une nouvelle possession. Cependant la fêlure est entre nos mains.

C'est arrivé un jour où le soleil dansait dans leurs yeux. Ce fut un siècle distillé dans la fable du désert. L'astre descendit de son cheval ailé pour proposer l'éternité dans un corps empaillé. L'erreur lovait dans les cieux indifférents. Le faste était ailleurs : dans la mer où les étoiles se noyaient. Le corps assisté par l'écume se dissipait dans la transparence du souvenir.

Debout sur le flux de la vague, l'enfant charmait le songe épars pendant que le sable remuait l'œil en sang du souvenir andalou.

De quelle démence remonterait le désert ? De quel ventre se relèverait l'animal dissous dans la légende du retour, la foudre en spirale dans les yeux, le rire en millésime ? De quel rire sanglant épellerais-je la cité qui voyage de mer en étoile de corps en désert cap sur le soleil ?
Aujourd'hui j'entre dans mon corps comme je sors de la ville. Je retarde les suicides. Je cadre la cécité des autres et plante un désir dans l'immense marécage notre territoire. Je me souviens de l'arbre descendant les plaies du Rif. Il annonçait la faillite de l'œil qui approvoisait le séisme.

L'oiseau vert ouvre la page de nos cicatrices.

Nous n'irons pas mendier auprès de la vague ni suspendre notre mémoire séchée au mont de piété. Nous lui laissons l'exil. Nous n'irons pas interroger le sable qui a couvert la blessure. Nous irons plutôt recouvrir le lustre du ciel de nos pensées malsaines.

Mais de quelle démence le soleil nous rappellera à l'ordre de l'aspho-
dèle éclaté. De quelle démence l'histoire sinistrée redonnera aux
morts une demeure étoilée.

> Ville jumelée au ciel vagabond
> le kif
> fleurit sur tes flancs

Mais serrons fort notre démence pendant que la fêlure émet la
    parole du vent qui gerce nos cœurs.

> Ville
> je te renvoie à la mer
> et je garde le rocher fermé sur la blessure endormie

Nous avons rompu avec la mer et bu la trêve éparse de la nuit
nous avons fomenté un rêve dans le corps d'une sirène
répudié la lune larvée sur le tombeau de la citadelle
nous sommes partis au Rif habiter l'arbre et le roc
nous avons écouté le vent nous rapporter le vague d'une voix rude
et belle
voix lointaine entachée de sang à l'aube séparée
voix humaine accessible au bout du rêve
pourquoi te nommer
qui se souvient de la terre brune
se souvient de la clarté née soudain d'un printemps sur les cimes…

il n'y a plus que traces d'une mémoire décimée.

Postface / L'écriture

J'écris pour ne plus avoir de visage. J'écris pour dire la différence. La différence qui me rapproche de tous ceux qui ne sont pas moi, de ceux qui composent la foule qui m'obsède et me trahit. Je n'écris pas *pour* eux mais *en* et *avec* eux. Je me jette dans le cortège de leur aliénation. Je me précipite sur l'écran de leur solitude. La parole acérée. Le vide plus un fragment de vie ramassée miette par miette.

Ce qui m'unit à ceux qui peut-être me lisent ou me liront, c'est d'abord ce qui m'en sépare. Le mot et le verbe sont ce par quoi je réalise la non-ressemblance et l'identité. Communiquer pour moi c'est aller aussi loin que cette différence est perçue. Je la perçois et la vis à mesure que la déchirure fait son chemin dans un corps, dans une conscience, à mesure que l'anesthésie locale et générale d'une foule est administrée quotidiennement.

Je me donne à l'équivoque tremblement des mots, dans la nudité de leurs limites, et j'affronte ce qui reste. Peu de chose. Me reste la survie de la parole liée et consommée.

Je suis ce qui me manque. Ce manque c'est tout ce qui constitue ma démarche, mon itinéraire, mon objectif. Ce que je crée c'est tout ce qui me fait défaut. Je dénonce. La parole. J'enlève le voile. La parole. Par un texte, un poème, je donne un peu de ma différence, et je coupe une tranche de mon insuffisance pour compléter – de façon purement illusoire – le manque de l'autre.

Et je dis les limites.

Ce qui m'infirme se perd. Je le récupère parfois dans un regard, dans un geste de celui ou de celle qui m'ignore et qui ne peut pas faire autrement que de m'ignorer car l'écriture est un territoire où il ne peut se reconnaître. Et pourtant c'est en ces hommes, en ces femmes que le poème jaillit et déborde. Je fixe cette absence et attends la reconnaissance implicite. Me reconnaître c'est enregistrer la différence même si c'est pour me refouler au ban de l'écriture.

Je cadre le geste dans une mémoire furibonde et entame le dépouillement. J'ouvre la page de mes faiblesses, de mes insuffisances, de mes illusions et de mon écart.

Je découvre la honte.

Mai 1971

IV

Le discours du chameau

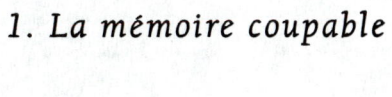

1. *La mémoire coupable*

*… Je déchire votre toile, afin que votre rage vous fasse
sortir de votre caverne de mensonge et que votre vengeance apparaisse derrière vos paroles de « justice ».
Car il faut que l'homme soit délivré de la vengeance :
ceci est pour moi le pont qui mène aux plus hauts
espoirs, c'est mon arc-en-ciel après de longs orages.
Mais les tarentules veulent qu'il en soit autrement :
« Quand le monde s'emplit des orages de notre vengeance, que ce soit là pour nous la justice » – ainsi
parlent entre elles les tarentules. « Tous ceux qui ne
sont pas comme nous, nous voulons nous venger
d'eux et les couvrir d'injures » – tel est le serment
que font en leurs cœurs les tarentules.*

NIETZSCHE
Ainsi parlait Zarathoustra

Si je te parle par légende et par parabole,
C'est qu'elles sont plus douces à entendre. L'horreur
On ne peut en parler parce qu'elle est vivante,
Parce qu'elle est silencieuse et qu'elle avance.
Suinte dans le jour, suinte dans le sommeil
Goutte à goutte,
Le remords douloureux.

GEORGES SÉFÉRIS
Journal de bord II

moi
chameau
né trois décennies avant l'hégire
parole égarée
dans l'histoire
mêlée au sang de l'arbre
sans racines
sans patrie
je veille sur les enfants qui viennent de naître
sur un lit de cendre
j'affirme
légitime la violence du peuple palestinien
étoile vagabonde
espoir suprême
moi
chameau
ici s'achève ma dernière solitude

Étoiles voilées et nuages retournés
dans la mémoire défunte
Parure de la mort
blanche
nue dans l'herbe

Tombent des syllabes en décrépitude
caillots de sang

ils se souviennent.

Au loin l'azur gris
                    un sillon dans le poème
l'étoile du désert est devenue emblème
l'alphabet du soleil serrait
les gorges dans une poignée
d'années dures
pour vaincre

ceux qui vont mourir le savent :
il n'y aura pas de deuil
pas de pleurs
pas de chants funèbres
pas même de prière de l'absent

mais

l'orgueil immense
né sur le flanc des montagnes
et qui traverse aujourd'hui la cité métallique sans nommer l'ordre
qui assassine sans désigner le lieu secret de la blessure

vous avez pris l'habitude de faire l'histoire
vos cheminées crachent dans le ciel un sang noir sang étrange
vos chiens le savent
vous avez peur des chameaux qui affluent d'Arabie

dans leur ventre grouillent des enfants nés sous la tente
décidés à rectifier l'histoire et remuer l'asphalte de votre quiétude
décidés à remuer le sabre dans la mémoire honteuse la mémoire
    coupable
nous avons appris un chant pour foudroyer le ciel paisible
nos yeux ont renoncé aux larmes
des trous dans votre certitude

A-t-on vu comment on opère un homme pour lui retirer la mémoire
pour le laisser chancelant sur la rive du fleuve ? On lui a dit tu n'existeras plus ; on lui a soufflé dans les rides : tu existeras sans jambes
sans bras corps lové dans l'oubli. L'homme mutilé croyait à tous les
discours. Le corps ouvert aux vents. Les gens défilaient en silence.
Ils venaient consigner un peu de leur honte dans le ventre d'un
peuple exécuté. Le rire étouffé dans les yeux crevés du vautour. La
parole de la terre fertile disait la guerre dans un bosquet de fleurs ;
la guerre devenue colombe apprivoisée, teinte donnant la mort sous
la tente ou entre les dunes.

On a lancé le désespoir fou d'un peuple dans le chant
d'un monde repu
le ciel
territoire de la blessure
patrie des oiseaux
devenu espace minéral
laisse choir
une pluie amère
sur les gerbes givrées de l'espoir

Dans le crépuscule de la ville
les morts se sont relevés
corps labourés
corps étranges.

La vague dansait dans l'œil
humide de la charogne
un enfant – fils d'Abraham – fils
de Mohammad – l'a vue sortir
d'une couche d'étoiles
perdant l'écaille cristalline.
Lavé avec le sang de quelque oiseau
l'astre déchu
n'assiste plus les statues.
La pierre noire
agate sacrée
s'est tue.

Ils sont venus du désert
fendre le ciel
un pays bleu et vert dans les yeux
un territoire soustrait à l'aube natale
ils ont assez d'amour pour mourir et renaître
chevaux ailés
au centre de la terre orpheline
le soleil déroule la courbe d'une couche ridée
le rire
nuage de suie
sang de morsure
prépare des funérailles
les corps seront lavés avec l'eau de jasmin
et mangés à l'aube de septembre
alors
la roue du soleil
tournera pour nos yeux
noirs et profonds
nous ne serons plus
l'animal qui gémit
pendant que la fièvre monte
dans la ville et les mémoires

où nos ancêtres
se retournent dans la face grise de la mort
le corps délabré
la ville
s'écroule
cimetière qui a vendu ses cadavres

Souvenez-vous
c'était un matin brumeux
confondu avec le ciel
le génocide se perdait dans le brouillard
l'amnésie
un siècle d'ossements
un siècle aveugle
retenu dans un arbre
blessé à mort
par le jour ardent
où des hommes au « cœur calleux »
sortirent d'un nuage
pour faire danser un singe
pour vous offrir le goût de la mort
le goût de l'orange blette
des chiens policiers
mettaient des muselières
à l'homme ceint de fer
la nuit tourne dans votre ventre
et les étoiles tombent
une à une
vous pleurez
la main triste
vous mangez les chats qui hantent votre sommeil
la nuit
astre perdu
veuve
haute dans le ciel

vole de comète en comète
la nuit
orpheline de ses rêves
dessine un labyrinthe dans les murs de la ville
ces hommes venus des sables
ont tissé des rêves
dans le ventre de la chamelle
ils ont déposé au seuil de la maison
la parole écorchée
le chant qui a la saveur du pain et de la mort
ils sont venus avec le vent
charges des salves
le ciel
enlacé
ils savent
comment
dans un cœur
se dépose
un désert
une face de lune
emplie de lumière et de tendresse
pour les enfants
qui font lever le jour et les armes
ils savent
se laver le corps avec le sable
et cerner la terre de leur rire
ils sont venus
au soleil d'un visage
dans la lumière hallucinante
du ciel déchiré
un sang incendiaire tombe sur l'Europe
des morceaux d'amertume
nous viennent de la nuit
on s'indigne
les cadavres dansent

regard qui brûle l'herbe
et nomme
la barbarie est rationnelle
elle coule comme un fleuve
entre vous et la vie
la haine pousse sur votre corps
comme l'herbe sur votre crâne
il faut dire pourquoi
le printemps
l'écume du silence
sont des matins morts
vous n'avez plus le temps de rêver
ni de surprendre un peuple errant
vous avez enterré vos massacres
avant de rentrer dans vos corps
territoire de la teigne
vous êtes partis sur le dos d'une couleuvre
vos usines s'arrêtent
on lance les pierres vertes de l'amour
sur le rivage du souvenir
on ramasse les feuilles vivantes
dans les « villes veuves de vie »
dans les mains veuves de poésie
mais c'est déjà la guerre
le sang de Palestine
a fait des trous dans l'asphalte
où le jasmin poussera l'hiver
le sang des enfants
féconde la terre
et remue les mémoires.

L'aube

écoutez
ne serait-ce qu'une fois
le chant d'une source dans nos veines
le chant de l'étoile semée dans l'argile

écoutez
le torrent du ciel qui annule l'oubli
la main qui avance
et fait don d'un quartier de lune

écoutez
le cœur de Ghassane Kanafani *
          une moitié d'orange
          un cœur étonnant
          un livre
          où l'espoir est une gazelle
          une femme assise
          dans l'aube éclatée

ce corps porte en lui
monts et dunes

———————
* Écrivain, poète palestinien, assassiné en juillet 1972 à Beyrouth par un commando sioniste.

119

une romance et quelque parfum
un désert vert
et un poème qui chante
un rocher migrateur à l'ombre de l'olivier

écoutez la légende
racontée par la vieille jument la mort
elle
a fait
du ciel notre lit en fleurs
elle
a corrompu le soleil
qui nous donne la cécité fatale
mais nos yeux
sont de la nuit
et de l'aube teinte de douleur
la blessure est ailleurs
dans la nudité de la solitude
dans les noces avec la mort
écoutez
le chant de l'oiseau égaré
entre l'exil et les sables
écoutez
le désert se retirer de vos rêves
les journaux
des représailles
des corps dynamités
la haine veille
elle vous serre la poitrine
la nuit désespérée
se couche dans vos yeux
le jour démembré
se replie dans l'écume souveraine

l'oubli
se lèvera avec le soleil
il a plu ce matin de la cendre
sur la ville
à Munich…

Après la haine
la chair s'est tue

sur la grande avenue une charrette traîne
un corps en décomposition
des étoiles de la cécité
l'âme et le verbe
le livre d'une histoire
règne sur les ombres

un corps fardé
un visage qui a pleuré la couleur
monte sur la charrette
tire la langue
lance pierres et flammes sur l'homme dans un sac
cet homme a hérité une tente et une corde
c'est un Arabe
coupeur de chemins dans les mémoires paisibles
un épouvantail
aux couleurs étranges
fils d'Abraham
fils de Mohammad
fils de la mer et du ciel veuf
enfants des sables
tous morts dans ce sac
je passai

dans les méandres d'une lueur décrépite
je vis
la charogne se relever
pour tisser l'héritage
la vérité
est un chat mouillé
aveuglé par la lumière de nos cieux
la vérité
est un crapaud venimeux
elle est blanche
parée de dentelles
et de mains coupées dans le cuivre
elle est la gazelle qui court
dans le sillage des étoiles
je vis la folie ivre de souvenirs
lancer les laves du brasier
sur le corps ligoté
l'astre traqué
tourne autour de la charogne
la foule frémit et le corps éclate
je vis
la terre s'ouvrir et se refermer sur des mains
je vis
l'homme préhistorique se relever pour rire et danser
le symbole du savoir blessé
s'est retiré dans la faille du doute
je vis
l'arbre craquer
et libérer des mains par milliers
il y avait
la peur et la honte sur votre corps gras
les nains et les anges vous fouettent
le cauchemar des chats vous poursuit
les fours crématoires
le silence
et le ciel dans la poche

c'était le délire du crapaud
la folie du sang impur
les chiens au cœur vitreux
annoncent le chaos
vous cherchez le crépuscule pour mourir
mais la clarté surveille vos pas
les chacals viennent rôder dans la ville
ils se souviennent
et viennent du désert
dans la ville occidentale
le jour est captif
de tant de crimes
dans la ville occidentale
le jour est barbare
des tireurs d'élite
abattent des ombres et des nuages
parfois ils abattent des enfants endormis sur les
nuages
ils tirent sur l'arbre fraternel
qui abrite dans ses branches
des petits soleils
               fous
                     tendres
                              de rage
                                        et de pudeur
les tireurs d'élite
ont des trous dans le dos
et un œil sur le front
la vie en agonie
                     dans les mains
des plumes d'oiseau
                     dans la gorge
la malédiction tombe
                     morceau de fer rouillé
                     dans une mémoire
                              démente

je traversai cette foule
                    qui ne sait plus qui haïr
                    hier c'était le Juif
                    aujourd'hui c'est l'Arabe
cette foule
          veuve de vie
dévorait ses enfants
je passai
avec la nonchalance du chamelier
le cœur ouvert
je passai
comme l'oiseau bleu des sables

moi
chameau
sang sémite
je n'ai rien à vous envier
je sais
j'ai appris
que votre vertu dort dans le ventre d'un crapaud
un crapaud ou un rat
votre morale et vos tables
sont piétinées par un cheval fou
un cheval ou un taureau
non
je n'ai rien à vous envier
je me rends à la grande place
où vous vendez ce qui vous reste
peu de chose
un peu de haine et de vengeance
vous envoyez vos chiens pour me mordre

mais je ne fais que passer
je vous laisse mon manteau

et quelques nuages

amis

et frères

ils règnent sur les sables et la forêt

vous retenez la teigne
dernière croûte du savoir
je n'ai rien à vous prendre
je n'ai rien à rapporter

aux oiseaux qui m'attendent

un peu d'amertume
des âmes dénudées
une foule insane
l'odeur du massacre
l'histoire à l'envers
le feu dans la bouche
un visage sans soleil
des nuées livides
un ciel fallacieux
je vous tends le corps

la différence

je vous dis

le rivage au pluriel de la couleur et du chant

je vous propose
le fouler le sable chaud de vos paupières
un bain de sable
un bain de terre brune
un bain dans la durée de notre errance
je vous propose
le pain d'orge trempé dans l'huile d'argan
l'offrande de la chamelle
un soleil entouré d'étoiles vives
le silence de la pierre et de l'eau
je vous dis

le rêve dans le champ de notre écart
certains égorgeront un coq ou une chèvre
d'autres feront du feu

tenez notre différence
elle a le goût du miel pur
asseyez-vous autour de la table basse
croisez les jambes
écoutez l'enchanteur
il vous contera l'histoire du peuple
amant de la terre
il vous dira la sagesse dans ses rides
l'eau qui sourd entre la pierre et l'argile
il vous dira
le voyage de l'enfant qui trouva un lit dans l'horizon
une autre voix
sans miel ni beurre rance
épellera la violence
elle vous dira
l'exode et l'exil
les corps défaits dans vos mines
les corps entassés dans le sommeil
pliés dans l'ombre
ils s'enroulent
        les yeux ouverts
              dans le burnous de la mort
corps solitaires
        trafiqués
pour fleurir les étoiles
dans l'herbe étrange
          dérobée à la vie
corps renvoyés après usage
le cœur mutilé

le sang vide
l'œil en cendre
la sève bue
            par la nuit et quelques corbeaux

vous avez pris l'habitude de faire l'histoire
et vous avez dit :
                    race contre race
                    pour que l'astre ne soit plus veuf
que la lumière des hommes
surgisse de l'aube
                    et vienne brûler les idoles
vous avez enfermé
                les fous et les orphelins
dans une grande jarre céleste
parole flambée
de l'arbre ivre
qui répand l'automne et le miel

mais
la lumière déchire les linceuls
la peur
la différence mouille dans les mémoires
vous reculez
à la différence
quelle différence
                le regard de l'autre
                la porte ouverte sur le ciel
                la fenêtre qui donne sur l'autre douleur
                la main qui remue la terre
                le jardin de nos plaies
                            et des oliviers

nous allons prendre le train
nous allons débarquer dans le sillage sidéral

avec parfums et encens d'Arabie
suivre le cortège des enfants des sables

nous vous laissons les mains liées
par la nuit qui dure
dans un bourbier
à peine nommé

la solitude reviendra après une longue absence
habiter la fête
et troubler le souvenir tendre
la solitude habillée
donnera à vos enfants le hach du voyage
ils partiront
avec le chamelier
écouter le chant des dunes
ils vous quitteront
    âmes dévêtues
    le cœur dans la main
ils vous quittent déjà
    sans larmes
    avec des poèmes pris à l'écume
    avec des chants dans la poitrine
ils partent en voyage de noces
    avec la barbarie
    le silence de la terre

d'autres descendent dans la rue
    le cœur démantelé
    le cri
    le peu de ciel retenu dans les yeux
    déplace l'orage
    traverse les saisons
    retombe dans le corps
    semaille de la nuit

```
                    sans importance
                    ils meurent
                    un
                    à
                    un
                    sur le lit bleu de l'errance
il vous reste
l'ogre qui bégaye des hommes
et puis un jour
l'herbe meurt sur vos lèvres
vos yeux troubles
se ferment sur la décision de la vague
c'est
l'appel désespéré
de l'oiseau venu de l'autre  rêve
au printemps de septembre
au bord de la vie
dans l'éclat d'un nuage
c'est
l'appel de l'oiseau maudit
qui revendique la terre et l'olivier
dans le rire désert de la nuit
l'aigle est venu
vider le ciel des étoiles malades
vider nos cœurs habités par la charogne
nous avons brûlé nos tentes
flammes ivres
qui nous portent au ciel
la mort
            foudroyée
                        entre nos mains


la mémoire se vide
dans le gel
du matin
```

le rire
dans l'écho
lent
tendre comme mourir

au loin
dans le territoire de la blessure
nos mères
se sont tues

sachez au moins
que c'est par pudeur
qu'elles ne parlent pas l'horreur
                                            la déchirure des corps
c'est par lassitude
qu'elles ne parlent plus aux arbres
                                   aux pierres
                                           aux étoiles
elles attendent
dans la solitude de l'argile
qu'il pleuve du jasmin
sur l'aile blanche de la différence
sur les cœurs verdoyants
dans l'effusion de l'amour

2. Septembre 1970
Au jour aimant et vertige

...Afin que je parle en paraboles, que je boite et bégaye comme les poètes : et en vérité, j'ai honte de devoir encore être poète.

NIETZSCHE
Ainsi parlait Zarathoustra

La Palestine est une terre occupée. Une terre d'où la vie est réfutée. Blessure dans la mémoire des uns, honte dans la mémoire des autres. Culpabilité dans l'histoire, elle est une terre qui fait mal en chacun de nous. Aux autres elle fait peur. Elle fait peur à ceux qui ne savent que faire d'un héritage empoisonné, salaire d'un silence coupable pendant que des millions d'hommes étaient massacrés. Cette démission c'est aussi l'agonie d'une civilisation et la démystification de ses valeurs. Elle fait peur aussi aux « frères » dans la géographie, ceux qui gouvernent et mystifient les masses arabes. Du désert, parvient par bribes le discours d'un chameau. Il a mal dans toute l'étendue de son corps sa mémoire.

A la mémoire de Mahmoud Hamchari

Ne pleurez pas les morts
J'ai appris des sables
J'ai appris de l'arbre
J'ai appris du soleil
Que les morts n'ont pas besoin de nos larmes
Même s'ils sont martyrs printemps ou étoile
Une femme me l'avait dit
Mère de toutes les mémoires
Elle regardait partir ses enfants
A l'aube du cœur
Silencieux
Elle leur donnait un grand pain d'orge et une poignée d'olives
Ils ne revenaient pas
Elle ne pleurait pas
Mais cédait à la tendresse parée du rêve mendiant des montagnes
Elle cédait à la fleur qui s'élève entre les pierres tombales
Elle oubliait les nuages et écoutait la brise qui lui apporte les
    nouvelles
Mahmoud est mort de ses blessures
Né à Tulkarem quelques années avant Deir Yassin[*]
Mort en hiver
Dans la faille des mémoires tourmentées

---

[*] Le 9 avril 1948 les forces de l'Irgoun massacrèrent les habitants du petit village de Deir Yassin.

Arbre abattu
Sur l'autre rive du silence
Ne pleurez pas les morts
Demain
Le séisme des mémoires coupables

12 janvier 1973

Ils m'avaient promis une jarre de miel pur
j'étais solennel et moqueur
ils me devançaient
la main tendue vers le couchant
je dis
aux oiseaux des sables
syllabes de mon chant :
changez de teinte et suivez-moi
nous quittons le désert
pour un peu de miel et de lumière
le temps passera
                    sans toucher vos ailes
le jour sera bleu
comme dans la légende
telle est ma parole
notre destinée
nous partons sur le front
                    sans attendre le vent
blessures fermées
j'ai appris
que des mains fiévreuses
arrêtent le soleil sur les hauteurs du rocher
l'œil des enfants
saigne sur l'aube
                    qui a tressé sa chevelure
                    dans la boue sèche de septembre

vous entendez ce chant
c'est l'appel des dunes
loin des villes paisibles
elles dansent
l'oiseau ouvre les nuages
qui libèrent les mains défuntes
nous sommes nés
avec des écritures sur le front
notre étoile
se dresse une fois l'an
nue sur l'horizon
soulève la terre
au jour aimant
                et vertige

J'ai mal dans notre solitude
depuis que meurent les petits soleils
morceaux de ciel sans importance
là au faîte de la colline
les matins ont désappris le silence
                              tombent en syllabes
comme la rosée
pour ne rien signifier

J'ai mal dans le jour qui s'élève
digue ou voile de sable
entre nous qui nous disons « frères » mais pas camarades
pendant qu'on lance des machines perfectionnées
pour sanctionner les mains ouvertes de la vie
les poings qui exigent la terre l'arbre l'indentité

J'ai mal dans l'indifférence dispensée par je ne sais quelle étoile
dans les corps gras des villes nues et sans tendresse
je les vois
très occupés dans leurs calculs
le visage enduit de margarine
pour cacher une certaine horreur qui colore leur front
je les vois
impassibles derrière la vitre
autant de fractures dans le temps
qui décide de leurs songes

et leur prédit le séisme
je les vois
sécréter l'injustice pour l'équilibre de l'histoire
tout se justifie
pourvu qu'un enfant ne vienne pas déranger l'accalmie

Mais il y a pire…
il y a les « frères »
les fossoyeurs de notre espoir
qui dorment sur un lit de nostalgie
pendant que des fourmis et des mouches
viennent se poser sur leur mémoire
pendant que le poème natal
lance des mots d'ordre
aux enfants qui marchent sur l'écume
pour arrêter la contrebande entre les étoiles et la honte

Que de cendre dans mon crâne
qui croit encore le rêve possible
que de sang sous cette terre grise
que d'oliviers qui meurent à l'aube figée
que de poèmes muselés dans la mort blanche
Laissez-moi me rouler dans les sables
pour perdre la mémoire
pour ne plus parler des hommes
pour ne plus fuir la mort

Les « frères » les fossoyeurs, les larmes aux yeux, massacrent les
    camarades
on nettoie la capitale et on se lave le sexe
on préside la prière
et on oublie

Après tout pourquoi le dire
je ne me lamente pas

il en meurt tous les jours
                    dans les champs
                              dans les sables
l'olivier et le soleil le savent
je parle plutôt pour la terre meurtrie
je parle pour que le ciel m'ouvre une porte sur le bleu et le vert
je parle pour que l'océan soit seul témoin de notre blessure
je parle pour que les enfants
puissent voir un jour l'aube naître de leurs rêves
je parle pour qu'on sache
que l'histoire a été truquée
je parle
mais que vaut la parole d'un chameau ?
je parle pour le désert
mais le sable se colore déjà de ma solitude
le désert avance vers Amman
la pitié la tempête étranglent les âmes dégénérées
surprises dans leur nudité hideuse

Je parle
et mon discours se perd dans les dunes
peut-être qu'on m'entend

Mon prochain est loin
il croit à peine à la fatalité
tel l'oiseau qui a peur
se pose sur la branche incertaine
mon prochain est un camarade
qui a surpris mon délire
et pardonné ma folie
il a quitté la tente

Mon chant est indigne de ceux qui meurent la nuit
et renaissent avec l'aube
mon chant est pauvre

je ne suis qu'un chameau
un destin qui s'achève
je suis triste mais pas désespéré
même si les « frères » et les autres
ont décidé que mes camarades seront les oubliés de l'histoire
ils ne savent pas ce que le désert va enfanter

Un rêve est jeté dans l'espace
un rêve qui a raison
une étoile audacieuse éclaire ce rêve
dans le combat
dans l'amour
dans les retrouvailles de l'arbre et de la forêt
dans la vie qui fane les couronnes
ce rêve sans mots
éclate dans les rues arabes
chante et appelle
la mort détachée du ciel

L'homme à la mémoire fanée
monte sur le dos d'un vieil esclave
et fait un discours pour retenir le rêve éclaté
il perd ses mots
bave
se décompose

Un cheval galope dans la mosquée
c'est le cheval blanc du prophète
venu annoncer quelque malheur
c'est le cheval fou ou drogué
comme le poète foudroyé par le rêve
mais le poète est enfermé dans une cage de syllabes
on a enfermé le poète et ses livres
soupçonné de complicité avec le cheval du prophète inculpé de
    trahir la litanie

les chants tournent dans ses mains
soulèvent les corps qui rêvent sur l'aile de la colombe
quelle colombe !
un oiseau en plastique qui se décolore sous la pluie

Le cheval disparut
dans le ciel avancé de l'amertume
nous laissant
la nuit ceinte de nos vieilles certitudes
nous laissant
le souvenir de la gloire et du savoir
mais que faire
contre le temps qui nous trahit
et l'horizon qui s'éteint

à force de regarder vers le passé
les arbres se sont courbés
                    la sève perdue
                              une certaine tendresse
les enfants exigent l'amnésie
              – ils ne vous croient plus –
ils sont orphelins de l'âge d'or
fêlure dans la mémoire lasse
regard d'un avenir solaire
naissance du vent
              qui fait trembler
              la forêt paisible
              jardin illuminé
              des propriétaires qui dansent sur les corps tannés
les légendes sont usées
la langue fatiguée

Oum Kalthoum
est le fleuve sans réveil
la verdure fraîche dans les cœurs qui ont faim
c'est le Nil mis en ordre dans les syllabes
qui agonisent sur un sexe malade

Le gouvernement a décidé
de porter plainte devant le Conseil de sécurité
à la suite de l'attaque israélienne
qui a eu lieu dans la nuit du mardi au mercredi
l'opération semble avoir été particulièrement
meurtrière
pour les Palestiniens
qui auraient eu plus d'une centaine de tués
et trois cents blessés…
l'indignation est totale

l'indignation
telle la cendre
voile ou fumée
vient loger dans nos yeux
et la colombe blessée
meurt en silence
nos cœurs sont usés
usés de solitude face à la mort matinale
nos cœurs trempés
déversent l'indignation soufrée dans la fosse commune

dans une école improvisée
les enfants chantent
d'autres dessinent des étoiles des arbres et des chars

ils apprennent l'alphabet du soleil et des sables
ils apprennent à nuancer le rêve
et pointent le doigt
vers le jour qui monte

Il monte
juste avant le coucher du soleil
un jour gras d'espérance
un jour qui dure
un jour qui mange
                les petits soleils roulant sur le sable

Il monte
une voix qui ouvre des fenêtres dans le ciel
arrête les nuages
                qui palpitent dans nos yeux
une voix qui chante
                la nuit
berce le rêve interrompu des morts
caresse la blessure répétée des mères

Il monte
de la source et du feuillage
une eau douce
                au parfum de jasmin
une eau qui parle l'avenir
                        nomme la terre
                        dit la fin de la guerre
une eau qui lave nos visages
et s'érige
telle une fleur dans une corbeille de fruits

Il monte
de l'horizon tremblant

un petit nuage bleu
                    comme le jour
dessine des visages familiers
chasse la mélancolie de la gazelle
et joue avec l'écume du rêve.

Depuis que je ne porte plus le désert
                        dans l'étoffe de mon destin
j'ai perdu l'amour des citadines
                        brunes et grasses
elles préfèrent l'or de mon oasis
                        voisine du nuage bleu

J'ai des dattes et un peu de miel
je n'ai pas de maison
            mais j'ai un pays dans les yeux
            j'ai une terre au bout du cœur
            j'aime ce pays meurtri dans ma peau
            je ne pleure pas
            je rêve
            la fête semée d'étoiles
            j'aime cette terre
            mais que vaut l'amour d'un chameau ?
je n'ai pas de ciel
            juste quelques nuages
            je leur parle dans ma solitude
            j'ai un chant pour les hommes qui partent
            mourir près de la rive
            j'ai un fleuve qui coule dans mon rire
            j'ai une joie qui veille sous la fièvre
je n'ai pas d'héritier
            j'ai des enfants

avec de grands yeux noirs
venus boire à la source et manger des figues
certains partent à l'aube
d'autres attendent midi
pour loger dans le ciel

J'ai des dattes et un peu d'eau
pour le voyageur égaré
pour les filles du désert
pour les enfants de l'aube défaite

Dans ma main tourne une blessure
je n'entends plus mon chant
le jour meurt sur mon visage
et le soleil m'apporte de mauvaises nouvelles :

A Khartoum
on prépare des potences
il paraît que la foule
                    réclame l'exécution des fedayin
il paraît que le Parlement jordanien
                    a approuvé la sentence de mort
                    contre Abou Daoud
ailleurs
on apprend à ne pas désespérer
la prunelle de la gazelle
                    roule sur le sable
elle saigne
          la démence
                    le vertige
notre destin se défait
le cheval du prophète l'a décidé
notre mémoire
                    annulée
coule en paroles
               laves et lambeaux

Je quitte le désert
le chant de la mort ne peut me vieillir
il traverse la lumière :
                    le ciel blanchit
                    les étoiles tombent en décrépitude
c'est la honte

J'ai honte dans ma faiblesse
j'ai vidé mon corps
mais la guerre continue
                    défait l'horizon
                    fait glisser l'astre meurtri
                    égaré
                    dans un squelette qui titube
et tombe la main
sur la maladie
sur les yeux morts
sur une vie d'enfant léger
                    qui dort sur le petit nuage bleu

Le rêve écarlate me manque
je suis sans ivresse
j'ai désappris le rire
je suis le seul regard vivant
arraché à la chevelure de la mer
je suis la parole insensée
née de la brûlure
je suis un morceau du jour
suspendu
je suis flamme
qui a consumé son corps
l'absence et la couleur
je
manque

au rire
        en ce temps où la guerre est plus facile
je suis chant et délire
                    ouvert sur la folie
mais que vaut la folie d'un chameau ?

je dis
un lendemain sans blessure
la parole inutile
j'exige la vie
un jour certain
                sur terre usurpée

La mémoire malheureuse
sera recouverte de cendres
voile sans énigme

le désert se peuple d'étoiles
c'est une image
rêvée
trempée dans les parfums de nos femmes

une faiblesse
un rêve

mais que vaut le rêve d'un chameau ?

3. Les limbes d'octobre

Tu sors dans Haïfa pour chercher une jolie carte postale : Haïfa qui baigne ses pieds dans la Méditerranée et dont la couronne touche le ciel. Et qu'est-ce que tu trouves ? Pas la moindre reproduction d'une rose ou d'une plage, d'un oiseau ou d'une femme. Toutes ces images ont disparu pour faire place aux tanks, aux fusils, aux avions ; le mur des Lamentations, les villes occupées et le canal de Suez. Et quand par hasard tu aperçois un rameau d'olivier, tu découvres qu'il est dessiné sur l'aile d'un avion de chasse français. [...] Tu n'envoies rien à tes amis, rien que le silence de ton cœur. Un silence qui ne les atteint jamais.

MAHMOUD DARWICH
Le Cercle de craie palestinien

les limbes d'octobre
ont recouvert notre vie d'une poussière argentée
une guerre s'est levée derrière le soleil
en nous
le désert
a fait ses épaves
nous avons cru possible le jour
aux derniers pas de la nuit
nous avons entendu
l'arbre solitaire
                étranglé
                    gémir
l'œil qui saigne
c'était un arbre
vide de feuilles et de matins
le vent l'emportait
jusqu'à la dune et la tombe
jusqu'aux corps brisés
corps qui gonflent
dans la main nue de la mort
hommes mêlés
                dans le même linceul
venus d'une chambre
un ciel dans les yeux
un pays saigné d'étoiles décédées
des mots naissaient de la terre ouverte

et cachaient le soleil aux longues mains tristes
la honte enveloppée dans un tissu de terre rouge
et le deuil
voile blanc
sur le jour dévasté

le ciel a murmuré à l'herbe sur nos corps
le naufrage de la patrie orpheline
la lune
livre voilé
tangue sur les pierres
l'astre va de l'écume à la vague retournée
dans cette mer
qui innocente le désordre
traversant les soldats et leur mémoire
dans un chant
                rire écarlate
                sang délivré
                pour l'appel marin
des soleils escortent les morts
les chameaux se prosternent
le regard lame dans le rideau noir de la Kaâba
les oiseaux captifs du malheur
suivent
vol ondulé du silence
les morts ne seront pas aveugles
c'est le prophète qui l'a dit
arraché au rêve de la fleur qui voyage
sur onde bleue
horizon des sables bousculés
simple sillage
qui exige la vie
une flèche érige l'étoile
c'est le réveil des morts
qui aiment le sel des sables

nos paroles coulent entre nos doigts
mémoire vomie à l'aube
dans une prairie
voisine de la nuit
la femme de bronze
qui coupe les nuages est un mirage
ne croyez pas la main
qui laboure le champ de la solitude
elle est pierre levée à l'hiver qui tombe
le désert se déplace pour l'algue lointaine
l'enfant qui vous regarde a du miel dans la bouche
ne cherchez pas la cendre
elle est mêlée à l'écume
                          sur votre visage
la lumière distille la nuit
dans l'œil vide
froid
d'autres saisons naissent de la dune
la douleur remue
ruisselle sur le matin
telle l'aube infidèle
femme voilée
sème les mots et les pierres

les chameaux se relèvent et poursuivent leur désert
le prophète se teint le visage et monte sur son cheval
le cheval s'est coupé les ailes
l'horizon éclaté
se perd dans l'écrit du ciel
et écorche le sol tendre
le poème devient rauque
nos yeux sont lavés du sang
versé par l'arbre amer
quelque chose tremble
c'est l'ombre du jour

c'est le rire des enfants armés
la ville a basculé dans le feu
le sable remue sous la cendre
c'est la démence née de la guerre
le voile de la parole qui s'achève

une femme
captive du rêve
la main ouverte sur le soleil
sort d'un drap blanc :
                    la terre est enceinte
                    de vie et de corps
                    ne pleurez pas les morts
l'horizon est sans racine
nos souvenirs se confondent
dans l'arbre et la sève
nos discours
tournent avec le vent
                    dans une maison fragile

au loin la mort
sur un nuage qui a perdu ses couleurs

4. La mémoire rompue

notre mémoire rompue
à l'écart de la pierre
sur voile d'écume
sur corps ouvert
chaque ride est un siècle
                  une forêt hantée par les étoiles
                  une guerre qui a déchiré
                  nos regards d'enfants

chaque ride est un soleil
                  détaché de l'herbe
                  ruiné par l'oiseau qui ne chante plus
nos ancêtres ont bu la honte
dans un bol de cendre
ils ont confisqué nos rêves

le pain
est de ce ciel pauvre
                ciel obscur
                où le rire se casse
le pain
est de ce désert
              où des yeux noirs
              tombent de solitude

la parole a vidé notre corps
avec lenteur
répétant toujours les sables
pendant que nos songes
voyageaient sur la pointe des étoiles
pendant que l'arc-en-ciel
tombait sans folie
entre nos mains
c'était déjà l'ombre épaisse de l'exil

nous revenons à la pierre
sculpter le jour
avec des soleils

nous revenons à la source
où se posent encore quelques colombes
où se défait l'absence

l'aube
tissu de tendresse
usée

la lumière se lève
sur les blessures arrosées de jasmin
le temps
a fait de longs voyages dans nos corps
il nous a laissé un peu de couleurs dans les yeux
il nous a lavés de la douleur
dans le silence des mains serrées
il nous a apporté le vent
après avoir inhumé un destin périmé

une statue s'est levée
avec la lumière
guidée par l'étoile du matin
elle marche dans la ville

et répand les parfums d'Arabie
sur la poitrine des jeunes filles

la statue a perdu la vue
quand elle a fixé le soleil

c'était le printemps
les enfants la suivaient
le pied nu
le cœur vert

la statue
devenue femme
née de l'arbre
à l'appel d'un sang mal versé
sur la peau froide du rêve lointain

le jour se lève
et l'homme rompu
l'homme éclaté
cherche son ombre
le soleil passe à côté
de l'agonie qui murmure
l'homme
ramasse les miettes de l'étoile déchue

Bagdad
Qods
Fès
les villes capturent le soleil
pendant que la femme marche sur la ville
un diamant dans la pointe des seins

l'enfant qu'elle porte sur le dos
fait signe à la lumière

qui donnera l'ombre
à l'ami Raoul

la ville ne se lèvera plus pour l'astre
qui a perdu son corps
et ruiné son jardin
l'astre que nous avons chanté
                    bu le suc de sa pensée
l'astre que nous avons serré dans notre cœur
                    et mordu sa lumière
nous avons embrassé ses lèvres
et connu le goût des figues
jusqu'au jour où le cri de l'enfant
a saigné notre visage
c'était le poète
l'aube
l'oiseau
corps d'argile
chant des sables
le feu qui a versé l'eau
sur le front bleu des nuages
nous étions des aigles tristes
otages de la parole
qui glisse sur le ciel

nous étions des champs nus
sur le versant des syllabes arides
nous étions le rire
qui vole sur la blessure du sommeil
nous étions des arbres
qui commençaient le désert
nous étions le rocher
qui brisait la vague
nous étions l'histoire
la mémoire du printemps

la mousse du matin
nous étions le jour
voisins du ciel
nous étions la source féconde
et nos enfants ignoraient la honte

le ciel a éclaté entre nos mains
nos champs de bataille
                          fument
l'œil se ferme
            sur la brisure
            sur la cendre

Depuis ce matin j'ai la peau rouge
je suis un peau rouge
j'ai mis le voile blanc de la mort sur ma mémoire
je ne suis pas en deuil
j'ai simplement confisqué le droit à l'espérance
comme si notre manie d'espérer pouvait encore faire chanter les
    oiseaux de plus en plus rares dans notre ciel
je ne suis qu'un chameau
un chameau peau rouge qui vous retourne la consternation dans
    des morceaux d'étoiles déchues
notre émotion toujours là
fertile
sœur d'un ciel sombre

Vous m'avez peut-être écouté. Ma charge est moins lourde. Mon esprit est bleu. Ce n'est pas une image. Comme les chameaux de Nâzim, je suis devenu un ange. Je suis léger, très léger. Alors je m'en vais veiller à la porte du paradis.

Septembre 1972-Décembre 1973

V

Les amandiers sont morts
de leurs blessures

1. Les amandiers sont morts
de leurs blessures

Lettre

Mourir comme elle

Ta grand-mère est morte hier. Elle est partie le matin, à l'aube. Heureuse et belle. Une étoile sur le front et un ange sur chaque épaule. Son dernier regard fut pour toi. Elle a même dit que le soleil ce jour était pour tes mains froides, loin du pays, et qu'il faudra que tu te maries. Elle a souri puis elle est partie sur un cheval. On pense que c'est un cheval ailé. Nous avons vu de notre terrasse le ciel s'ouvrir et accueillir au crépuscule une petite étoile. On peut la voir de partout. Tu nous as manqué. Ce fut une très belle fête. Nous avons respecté sa volonté : nous n'avons ni pleuré ni hurlé au moment où le cercueil passait le seuil de la maison. Nous nous sommes parfumés avec le bois fumé, encens du paradis. Le jardin où elle aimait prier était en fleurs.

Tu te rappelles ses silences entre deux prières ; chaque ride était une tendresse. Il nous reste la sérénité et la lumière de cette journée. On l'a lavée et parfumée à l'eau de rose et de jasmin. Elle aimait sa fraîcheur. On l'a enveloppée dans ce linceul qu'elle avait acheté et il y a longtemps, peut-être avant que tu ne naisses. Elle le parfumait à chaque fête. C'est ce même linceul qu'elle envoya à La Mecque où il séjourna trois jours et trois nuits. Elle qui ne savait pas écrire avait dessiné sur ce drap des roses et des étoiles. Elle le gardait soigneusement au fond de sa valise.

Tu te souviens ? Elle nous disait :

C'est dans la plus belle des robes que je désire arriver chez le prophète. Sa lumière, sa clarté, sa beauté méritent le bonheur de mourir. J'ai vécu heureuse dans la chaleur de vos bras, de vos mains. J'ai perdu mon mari et mon plus bel enfant, une fleur arrachée par le soleil du mois d'août. Je ne me suis jamais sentie veuve. J'avais ma maison, mon foyer, chez chacun de vous. J'ai un autre bonheur maintenant : partir dans le jardin de Dieu, là tout près du soleil. Je suis née il y a longtemps, bien avant l'arrivée des Chrétiens. Calcule, tu trouveras presque un siècle ! La vieillesse ! Qui parle de vieillesse ? Si je n'avais le cœur un peu fatigué… D'ailleurs qu'importe !… Qu'elle vienne la mort, mais de l'azur et non des cendres.

Elle n'est morte ni dans un hospice ni dans la solitude d'une chambre au fond d'un couloir. Elle s'est éteinte en douceur, chez elle, chez l'aîné de ses enfants.

A Leïla Shahid

Les amandiers sont morts de leurs blessures

La Trouée de Rafah, village du nord-est du Sinaï, vient d'être détruite par les Israéliens, après que ses habitants arabes en ont été chassés. Un de ces hommes écrit à son fils.

Mon fils,
Le jour s'est arrêté dans mes rides depuis que leur machine sanglante et grise est passée sur notre maison. Elle est formidable cette voiture immense qui ouvre sa gueule pour happer le peu de chose qui nous restait : un lopin de terre, un toit et trois amandiers. C'est une machine qui fait du bruit, brille au soleil et éclate en rire saccadé quand elle triomphe des petites fleurs sauvages et fragiles qui essaient de se relever. J'ai vu ses dents jaunies par le sang de la terre se briser sur un tas de sable. Un petit vent a emporté les racines de l'arbre. Le ciel s'est baissé et les a rammassées ; je crois même qu'elles habitent un petit nuage têtu qui ne nous quitte plus depuis que nous sommes sans toit, sans patrie. Ton petit frère a couru pour sauver de la poussière lourde tes livres d'écolier. Nous avons eu peur. La machine a failli l'avaler.
Blessés dans notre terre, humiliés dans nos arbres, nous étions là tous les trois, figés et habités par une mort soudaine. Une partie de nous-mêmes, je crois la plus grande, est meurtrie ; ils nous l'ont arrachée tout naturellement, à l'aube. Nous sommes restés tranquilles ; ils ont ouvert nos plaies et nous avons bu notre mort. Elle a le goût de la sève ; ta mère dit qu'elle a le parfum du jasmin. Le ciel s'est ouvert à l'appel de l'oiseau orphelin, et nous avons aperçu un corps de lumière couvert de sang neuf. Le soleil trébuchait ce

179

jour-là, car l'injustice froide creusait son sillon dans notre terre, notre corps.

Notre mémoire percée d'étoiles n'avait plus de citadelle : elle devenait enceinte de nouvelles blessures. En 1948, tu n'étais pas encore né. La guerre a traversé notre champ. L'olivier était calciné. Notre destin était terni par la misère, mais il avait la rage de l'espoir. Certains sont partis avec une tente pour tout bagage, d'autres sont morts.

Aujourd'hui, mon fils, nous ne savons pas où tu es. Où que tu sois, sache que nous ne sommes pas tristes. On nous dit que nos maisons sont inutiles et que nos amandiers sont ridicules. On nous dit que sur cette terre s'élèvera une ville, une ville moderne. Elle aura de belles avenues, des autobus et des chars. Elle ira jusqu'à la Méditerranée et s'appellera Yamit. Leurs machines perfectionnées avancent, avancent. Nos voisins ont reçu des cartes vertes. Ils peuvent rester chez eux quelques jours encore. Tu sais, le petit village d'Abou-Chanar, lui aussi va être détruit. La machine sanglante et grise avance, avance. On nous dit qu'il faut laisser la place à des hommes venus de loin, de très loin, des juifs venus de la Russie, mon fils.

Notre bagage est léger : un sac de farine et un peu d'olives. La foudre peut descendre. Elle foulera les sables mêlés de pierres brisées et d'arbustes abattus. Elle tombera dans le vide, étranglée par les serpents de la haine. Tu te rends compte, mon fils, ils demandent aux enfants de cette terre de venir la travailler pour le compte des « nouveaux propriétaires » ! C'est la seule fois où j'ai pleuré. Je sais, tu n'aimes pas les larmes ; excuse-moi si les miennes ont coulé. Mais la honte s'est amassée dans mon corps comme les pierres, comme les jours, comme les prières.

Notre terre battue par l'acier qui écrase les petits lézards, je la vois sur ton front comme une étoile, un rêve urgent qui nous rassemble. Tout change de nom. La main métallique efface les écritures sur nos corps. Des racines d'arbres attestent. Nous n'avons pas besoin de stèle. Notre mémoire est un peu de sable suspendu à la lumière. Elle est haute entre tes doigts. Nous t'embrassons où que tu sois.

Mahmoud Darwich : une terre orpheline

Mahmoud Darwich, un enfant habité par une terre orpheline. Ses yeux portent le soleil et la blessure du temps des sables. Dans le cœur, le rêve est une épine, un printemps reporté de saison en saison. Entre ses mains, une hirondelle et une foule de mots, un pré de syllabes arrachées au pays natal. Dans son regard, le rire. L'espoir fou d'un peuple. Sur sa poitrine, tatouée, une étoile. Un astre échappé au poème.

Mahmoud Darwich est ainsi né : une poignée de terre brune éparpillée sur l'étendue d'une mémoire, la plus haute, entre les noces de la terre et du sang, en Galilée, un jour de mars 41, dans un petit village, Birweh. Sur cette terre, aujourd'hui, il y a un bois et deux kibboutzim, Ahihoud et Yasaor.

Mahmoud Darwich est cette voix qui chante l'amour, une voix éprise des cheveux bouclés de son verger quitté à l'aube, à sept ans. Il a vécu à Deir-El-Asad, terre occupée. Sur son laissez-passer, une « nationalité indéterminée ». Indéterminés, le destin et la foudre qui tombe du rire quand l'oiseau s'égare entre le nuage et l'écume. Mahmoud vivra à Haïfa jusqu'en 1970 et fera de chaque jour un poème et une pierre. Il fera de chaque phrase un champ de solitude planté d'images et de branches d'oliviers. Ce fut ensuite l'exil extérieur, à Moscou, au Caire, puis à Beyrouth où il a dressé la tente du provisoire.

Aujourd'hui, Mahmoud, consacré « poète de la résistance », voudrait être un rêve, un chant qui dirait le rêve palestinien. Il n'est pas poète engagé. Il est le poème. Il n'est pas militant. Il est poète. Il n'est pas un héros. Il est chant d'amour de la « tristesse ordinaire ». Il approfondit le désespoir pour donner aux enfants la lueur suprême de l'existence dans la paix, la dignité.

Tourné vers la mémoire future, il dit aujourd'hui : « Celui qui m'a changé en exilé m'a changé en bombe. Je sais que je vais mourir, je sais que je livre une bataille perdue au présent, car elle est d'avenir. Et je sais que la Palestine – sur la carte – est loin. Et je sais que vous avez oublié son nom dont vous avez falsifié la traduction. Tout cela, je le sais. Et c'est pourquoi je porte Palestine sur vos boulevards, dans vos maisons, dans vos chambres à coucher. Palestine n'est pas terre, messieurs les juges. Palestine est devenue mille corps mouvants sillonnant les rues du monde, chantant le chant de la mort, car le nouveau Christ, descendu de sa croix, porta bâton et sortit de Palestine. »

Arabie… Arabie…

Comme le disait l'animal qui savait parler : « L'humanité est un préjugé », surtout quand on la recherche en des lieux où le ciel se rapproche des sables et des mythes, des lieux saints et sacrés, territoire où le pardon absolu est aussi la fête du sublime.

Qui l'eût cru ? Le désert n'est plus un poème ! C'est aussi un préjugé, une image peinte, dessinée par le néon au-dessus d'immeubles inachevés, à l'angle des rues sans trottoirs. C'est un souvenir pâle qui transparaît sur le front d'un nuage égaré dans la solitude d'un ciel où les étoiles s'ennuient.

Allez en Arabie et essayez de receler un désert qui s'étire dans vos têtes, un désert qu'on dit solennel, mais absent. Il s'éloigne en s'excusant, car il n'est plus digne de la légende : ni tigre ni lion, à peine un chat tuberculeux. Le pétrole coule dans ses veines comme une énigme.

Alors on se tourne vers la mer. Discrète, elle mouille à peine les sables de Djedda. Un port ? Comment le croire ? Le petit vent promène la poussière ocre à travers la ville, mais point de parfum marin. On s'approche. On tend la main et le regard. L'eau a perdu ses couleurs. La mer Rouge s'absente. Elle ne doute plus de l'erreur : elle n'a pas d'amants.
Mais la ville est ouverte. Ni porte ni enceinte. A chacun sa rue, sa part de bruit et de lumière. Une lumière d'une grande pureté. On la voudrait douce ; elle est éclatante. Le déclin du désert, la répudia-

tion de la mer, c'est aussi l'agonie des maisons traditionnelles, la fin d'une architecture populaire qui balbutiait, mais qui se gardait bien de la laideur. Dans cet espace où tout est importé, même et surtout la laideur des autres, le rêve s'estompe. L'Arabie de la différence s'efface. Les traces de la beauté et du sublime sont préservées dans les lieux de la prière et du recueillement. L'émotion est encore possible dans la simplicité et le silence des mosquées. Mais l'agression est ailleurs : le béton, le plastique, le Formica, la moquette et la voiture. Pas n'importe quelle voiture, mais d'immenses bolides américains qui vont à toute vitesse dans un tintamarre de klaxons qui tient lieu de signalisation et de code de la route. La manipulation folle de ces engins doit faire oublier la nonchalance d'antan et triompher de la durée anachronique des chameaux [...].

Dans cet empire agité par les apparences du rêve métallique, perturbé par tant de richesse et fasciné par l'éphémère occidental, il y a place pour la contemplation. Le prophète Mahomet avait dit : « Ne sanglez vos selles que pour vous rendre à trois mosquées : la mienne, celle de La Mecque et celle de Jérusalem. » La mosquée de Mahomet est Médine. Toute la ville s'est retirée dans sa mémoire ; elle se préserve des regards vacillants et des mains infidèles. C'est un lieu qui sied au silence, au petit nuage vagabond et aux brides du destin. La voiture n'ose pas s'engager dans ce labyrinthe où les enfants courent, rient et disparaissent, s'amusent.

Étrange empire où les cinq prières restent fidèles au jour, où la modernité est sollicitée par une puissance soudaine, où le rêve révolutionnaire est refoulé violemment vers le sacrilège.

La main et les nuques

Et la main lourde de rides et de sang bleu des poètes tombe sur la nuque d'un verger captif de petits soleils.

Elle tranche la vie de l'insolent qui a bu le ciel. Entre le pouce et l'index craquent les étoiles imprudentes lovées dans la nuque ; et le vieillard, sans trembler ni rougir, aligne des têtes, aiguise la main droite qui sépare le corps de la vie. Sa memoire-charogne, aujourd'hui irriguée d'un sang neuf pris à l'arc-en-ciel, se relève de la tombe avec un dentier d'ivoire, avec un regard qui donne la mort, avec un souffle qui fait des trous dans les poitrines levées en poing fermé.

Les fesses plissées s'assoient sur les crânes chauds et c'est ainsi que tombent les rides dans la diarrhée à l'aube. Son ombre roule le tambour dans le cœur des enfants qui s'accrochent aux nuages, devenus des oiseaux orphelins de l'herbe tendre.

Sa main devenue légère est portée par l'aigle hilare. Elle crache une pluie incendiaire sur le pays qui avance pendant que les crapauds avalent des fœtus entre les doigts de la mort.

27 septembre 1975

185

La mort
plus d'une fois
retournée dans un sanglot de silence
à l'aube
nous regardions le ciel
froissée par la main du vieillard
une main levée des cendres
va traverser notre rire
notre voix
retenue par la pierre
tire sur la nuit
et givre l'attente
la mort
a trouvé notre peau trop large
en cet instant solennel
où la musique de l'absent
sera funèbre
alors
que nous la désirons
heureuse
ouverte sur une grande lumière
mêlée à la chevelure de nos filles
la mort
étrange oiseau
égaré dans des corps nubiles
entre ces murs qui avancent

dans la splendeur
hier
de l'astre aimant
c'était l'enfance
la main tiède
l'éclair
du soir roué
sur terre d'amiante
et
les mains grandissent
dans le ciel
des nuages
venus de la mer
sur la pointe du rêve
et ce chant
avant le soleil
avant nos corps
foudroyés
bus par la terre
une fille
vêtue d'ombre
nous prend par la main
l'eau de sa voix
lave le sang
versé par le vieillard
sorti de l'extrême limite des ténèbres
par-dessus le verbe
nous jurons
par la figue et l'olive
en ce matin tronqué de septembre
nous jurons
mais
« à quoi bon »
le soleil est descendu dans la cathédrale
en pourpre de l'absence

pourquoi nommer la terre
la mort valse dans une robe légère
toujours à l'aube
de forêt en cellule
jamais lasse
elle se déguise
fragment d'une vie
ruine de la poésie
cinq hommes et quelques milliers
hauts dans le ciel
giclé de sang
nous jurons
mais la fille
debout sur la mer
nous donne à boire
les nuques
mouillées par l'écume
perdent des images
bleues et mauves
les bouches se ferment
sur un nuage égaré
la main
s'ouvre sur le rêve
d'un peuple
qui ne sait plus rire
la main de la fille
nous ferme les yeux
le vent
souffle sur les cendres
monte
le silence

Écrire comme on se tait

Il est sorti de sa chambre, un nuage dans la tête. Il tendit la main
vers le jour qui passait dans le bruit et l'indifférence. « *Je suis arabe !*
Et il paraît que nous avons du pétrole, beaucoup de pétrole. C'est drôle,
je ne le savais pas. »
Il disparut entre l'usine et le rêve.

Ne vous amusez surtout pas à avoir faim ni à mourir de soif.
Ne détournez pas le cours de l'histoire et de la fatalité. Car il est dit
quelque part qu'auront faim toujours les mêmes, ceux qui ont la
peau grise et l'œil profond, ceux que l'arbre a enfantés un jour où le
Destin eut une affreuse migraine.

Le pouvoir donne la diarrhée. La fièvre de couleur donne des bou-
tons. Un arbre squelettique, sans feuilles, sans matins, passe dans la
Cour des miracles, où des hommes importants font leurs ablutions
pendant que d'autres retiennent leur ventre qui fout le camp.

Un chameau dit un jour dans une réunion : « Ravalez votre haine ;
écoutez plutôt le chant des enfants qui n'ont pas de maison, pas de
jardin, des enfants qui arrachent des étoiles au ciel pour dessiner sur
le sable des automitrailleuses... car, au fond, il y a l'horizon, gazelle
orpheline, des miroirs qui dansent et qui font mal. »

Du pain, des olives et quelques figues pour la folie de cet homme
expatrié, séparé de la vie, car il sait rire au lieu de travailler.

Un homme venu d'une autre durée

Il a la peau brune, des cheveux crépus, de grandes mains calleuses noircies par le travail. Son visage sourit et son front dessine des rides serrées. Il a quarante ans, peut-être moins.
Cet homme, habillé de gris, a pris le métro à la station Denfert-Rochereau, direction Porte-de-la-Chapelle.
D'où vient-il ? Peu importe ! Son visage, ses gestes, son sourire disent assez qu'il n'est pas d'ici. Ce n'est pas un touriste non plus. Il est venu d'ailleurs, de l'autre côté des montagnes, de l'autre côté des mers. Il est venu d'une autre durée, la différence ente les dents. Il est venu seul. Une parenthèse dans sa vie. Une parenthèse qui dure depuis bientôt sept ans. Il habite une petite chambre, dans le dix-huitième. Il n'est pas triste. Il sourit et cherche parmi les voyageurs un regard, un signe.

Je suis petit dans ma solitude. Mais je ris. Tiens, je ne me suis pas rasé ce matin. Ce n'est pas grave. Personne ne me regarde. Ils lisent. Dans les couloirs, ils courent. Dans le métro, ils lisent. Ils ne perdent pas de temps. Moi, je m'arrête dans les couloirs. J'écoute les jeunes qui chantent. Je ris. Je plaisante. Je vais parler à quelqu'un, n'importe qui. Non. Il va me prendre pour un mendiant. Qu'est-ce qu'un mendiant dans ce pays ? Je n'en ai jamais vu. Des gens descendent, se bousculent. D'autres montent. J'ai l'impression qu'ils se ressemblent. Je vais parler à ce couple. Je vais m'asseoir en face de lui, puisque la place est libre, et je vais lui dire quelque chose de gentil : Aaaaa… Maaaaa… Ooooo…
Ils ont peur. Je ne voulais pas les effrayer. La femme serre le bras de son

homme. Elle compte les stations sur le tableau. Je leur fais un grand sourire et reprends : Aaaaa… Maaaaaa… Ooooo… Ils se lèvent et vont
s'installer à l'autre bout du wagon. Je ne voulais pas les embêter. Les
autres voyageurs commencent à me regarder. Ils se disent : quel homme
étrange ! D'où vient-il ? Je me tourne vers un groupe de voyageurs. Rien
sur le visage. La fatigue. Je gesticule. Je souris et je leur dis : Aaaaa…
Maaaaaa… Ooooo… Il est fou. Il est saoul. Il est bizarre. Il peut être
dangereux. Inquiétant. Quelle langue est-ce ? Il n'est pas rasé. J'ai peur.
Il n'est pas de chez nous, il a des cheveux crépus. Il faut l'enfermer.
Qu'est-ce qu'il veut dire ? Il ne se sent pas bien. Qu'est-ce qu'il veut ?
Rien. Je ne voulais rien dire. Je voulais parler. Parler avec quelqu'un.
Parler du temps qu'il fait. Parler de mon pays ; c'est le printemps chez
moi ; le parfum des fleurs ; la couleur de l'herbe ; les yeux des enfants ; le
soleil ; la violence du besoin ; le chômage ; la misère que j'ai fuie. On irait
prendre un café, échanger nos adresses…
Tiens, c'est le contrôleur. Je sors mon ticket, ma carte de séjour, ma carte
de travail, mon passeport. C'est machinal. Je sors aussi la photo de mes
enfants. Ils sont trois, beaux comme des soleils. Ma fille est une petite
gazelle ; elle a des diamants dans les yeux. Mon aîné va à l'école et joue
avec les nuages. L'autre s'occupe des brebis.
Je montre tout. Il fait un trou dans le ticket et ne me regarde même pas.
Je vais lui parler. Il faut qu'il me regarde. Je mets ma main sur son épaule.
Je lui souris et lui dis : Aaaaa… Maaaaa… Ooooo… Il met son doigt sur
la tempe et le tourne. Je relève le col de mon pardessus et me regarde
dans la vitre :
Tu es fou. Bizarre. Dangereux ? Non. Tu es seul. Invisible. Transparent.
C'est pour cela qu'on te marche dessus.
Je n'ai plus d'imagination. L'usine ne s'arrêtera pas. Il y aura toujours des
nuages sur la ville. Dans le métro, ce sera l'indifférence du métal. C'est
triste. Le rêve, ce sera pour une autre fois. A la fin du mois, j'irai à la poste
envoyer un mandat à ma femme. A la fin du mois, je n'irai pas à la poste.
Je retourne chez moi.

Il descend au terminus, met les mains dans les poches et se dirige,
sans se presser, vers la sortie.

2. Poèmes par amour

Quel oiseau ivre naîtra de ton absence
toi la main du couchant mêlée à mon rire
et la larme devenue diamant
monte sur la paupière du jour
c'est ton front que je dessine
dans le vol de la lumière
et ton regard
s'en va
sur la vague retournée
un soir de sable
mon corps n'est plus ce miroir qui danse
alors je me souviens

tu te rappelles
toi l'enfant née d'une gazelle
le rêve balbutiait en nous
son chant éphémère
le vent et l'automne dans une petite solitude
je te disais
laisse tes pieds nus sur la terre mouillée
une rue blanche
et un arbre
seront ma mémoire
donne tes yeux à l'horizon qui chante

ma main
suspend la chevelure de la mer
et frôle ta nuque
mais tu trembles dans le miroir de mon corps
nuage
ma voix
te porte vers le jardin d'arbres argentés

c'était un printemps ouvert sur le ciel
il m'a donné une enfant
une enfant qui pleure
une étoile scindée
et mon désir se sépare du jour
je le ramasse dans une feuille de papier
et je m'en vais cacher la folie
dans un roc de solitude

Blanche l'absence
comme une mort lointaine
en ce jour où l'astre de l'oubli
se posera sur l'herbe mouillée d'une mémoire froissée

Je te vois chantée par les matins
enfants nés des sables

Et l'oiseau me dit
elle est syllabe à prononcer doucement
entre une pensée et un rire
et si le regard s'absente
laisse-toi prendre entre les doigts du soleil
va suspendre le rêve aux tresses de la nuit
et ramasse les étoiles qui ne sont plus du ciel
tiens la main fertile quand tu penses à la citadelle de ce corps
    fragile

Éclipse
et
silence
des pierres tourmentées

Les filles de Tanger

Les filles de Tanger ont une étoile sur chaque sein. Complices de la nuit et des vents, elles habitent dans des coquillages sur rivage de tendresse. Voisines du soleil qui leur souffle le matin telle une larme dans la bouche, elles ont un jardin. Un jardin caché dans l'aube, quelque part dans la vieille ville où des conteurs fabriquent des barques pour les oiseaux géants de la légende. Elles ont tressé un fil d'or dans la chevelure rebelle. Belles comme une flamme levée dans la solitude, comme le désir qui lève les paupières de la nuit, comme la main qui s'ouvre sur l'offrande, fruit des mers et des sables. Elles vont dans la ville répandre la lumière du jour et donner à boire aux hommes suspendus aux nues. Mais la ville a deux visages : l'un pour aimer, l'autre pour trahir. Le corps est un labyrinthe tracé par la gazelle qui a volé le miel aux lèvres de l'enfant. Une écharpe mauve ou encre nouée sur le front pour préserver l'écrit de la nuit sur le corps vierge. Une fleur sans nom a poussé entre deux pierres. Une fleur sans parfum a allumé le feu dans le voile du jour froissé. Une fente dans les lèvres par où passe la musique qui fait danser les miroirs. Les filles, descendues d'une crête voisine, nues derrière le voile du ciel, mordent dans un fruit mûr. Il pleut l'écaille sur le voile. Le voile devient ruisseau. Les filles, des sirènes qui font l'amour avec les étoiles. Les filles de Tanger se sont réveillées ce matin. Elles avaient du sable entre les seins. Assises sur un banc du jardin public. Orphelines.

3. Asilah : saison d'écume

La lumière a pesé longemps sur ma mémoire
j'étais démembré sur grains de sable
un corps d'encre
pris à l'argile du matin
pris à l'algue vierge
le jour
avec des gants
retire le rire
aux pierres de la ville

Le jour nu
suspendu
entre l'aube et la pierre
haut
dans la solitude de l'enfant
qui habite la gazelle
et désapprend le rêve

Le jour neuf frôle la vague
lèche les bottes des pêcheurs endormis
écarte les mains calleuses du manœuvre
il réveille les seins nus des jeunes filles qui font du pain
et se retire dans le ciel
où des enfants blessés
cherchent du feu

Terre pauvre
terre enceinte
un cœur plein de farine
l'amour ailleurs
dans le silence de la tombe
blanche la pierre du souvenir
le vent
retourne la vague
l'enfant
aux yeux noirs
très noirs
sourit

Le jour
malgré l'étoile
tient la vague et le vent
dans une même main
sur des murs
où le rire a gravé nos empreintes
nous avançons
pour le piège de la mer
et le bleu du voile
la mariée
court sur l'eau
nue sous l'écume

Un verre de thé sur la natte
le vent ramène le nuage bleu
égaré dans le bois
les vieux parlent du passé
les jeunes parlent peu
fument et rient
le ciel s'éloigne des sables

Les filles
à la chevelure rouge
attendent
l'âme voilée
elles lisent la ligne de la mer
derrière le voile blanc du songe
l'enceinte et les parfums des sables
allongées sur les méandres
bleues de la bise
des moineaux
se perdent dans leur chevelure
tressée de patience

Tous les matins
le soleil entre chez Si Lmokhtar
pille la mémoire du miroir
monte sur l'échelle
et s'en va en riant

Le silence d'une étoile
échangé contre un peu d'eau

Des enfants amants de la terre
marchent le pied nu sur l'argile humide
le destin tracé
sur l'aile d'oiseau migrateur

au loin
le jour se penche
pour effacer la pauvreté
et ramasser les figues sèches de la mort

Je tourne le dos à la ville
et parle avec la mer
retournée la voix
comme la vague
les épaves ont gardé les cicatrices
des mémoires vagabondes
l'écume vient déposer le sel sur l'ancre
épouvantail des enfants orphelins

La ville ferme ses portes
sur les enfants au front immense
mitrons
cireurs
gardiens de voitures
rire dans la barbe grise
blessure du ciel
qui se couvre d'oiseaux ivres
pour oublier les vents
venus saupoudrer la misère
et prendre les filles qui déterrent les cœurs chauds

J'ai dû
me rouler avec mes remparts dans un voile d'été
linceul rouge et blanc
pour ne plus abriter
des chameaux aveugles
nés
d'un naufrage étrange
pour me rappeler
ma naissance vagabonde

La grenade rouge et juteuse
lourde de grains et de souvenirs
tombe avec la lune
dans les mains des enfants nus

L'épicerie de Si Abdessalam
Du vinaigre doux dans une bouteille en plastique national
des portions de savon La Main
un sac de farine Drissi
des allumettes Le Lion
une barbe grise toujours naissante
une main ouverte
le regard tendre
amical
fraternel comme le soleil
et une balance qui sépare le temps

Il quittta sa famille
laissa pousser la barbe
et remplit sa solitude de pierres et de brume

Il arriva au désert
la tête enroulée dans un linceul
le sang versé
en terre occupée

Il n'était
ni héros ni martyr
il était
citoyen de la blessure

Le cortège de femmes drapées de laine
apporte sa part d'orange, de figue, d'olive et de sucre
à l'homme absent
parti loin dans le froid et la solitude
extraire la houille et le temps
des ténèbres humides

La mort au bout d'un fusil
la ville dépecée
par un cri
un homme sur un cheval fou
réveille les pierres lourdes
on ne peut retourner un corps
tombé
le dos à la mer

Le temps passe à côté d'une barque
léchée par le sable
les vieux pêcheurs
les « mojahidines »
écoutent le vent gercer leurs blessures
d'autres
nomment le sel
déposé par les nues
sur les terrasses visitées par l'hiver
qui dit la mort
dans une goutte de miel

Le mur
habillé de chaux
compte les jours captifs de ses pierres
avec pudeur
voilà la misère et la main qui se lève

La main
trace du soleil
arrête le mur qui avance
c'est une main
grande comme le rêve
tendre comme la forêt
elle a fait
du pain qui a le goût de la terre
et le sel du ciel

Cette main
se lève avec l'aube
fait trois pains
enfante toutes les semaines
une mémoire tissée de laine
c'est une pierre étoilée
pierre argentée
c'est la main ouverte d'une saison
à portée de nuage
fissure dans le ciel

C'est la fin de la journée
le poisson est rentré
la barque est repartie
les petits soleils s'éloignent
un grand verre de thé
pour réchauffer les mains et le front
la parole nue
on regarde la mer
et l'on parle de l'avenir
on joue aux cartes
on fume quelque pensée
les chats tirent l'azur
on ne regarde plus la mer
on regarde la télévision

J'étais prophète de la sagesse et de la vérité. Je possédais les clés de la ville. Maître des mers et des pêcheurs. Je suis aujourd'hui un cimetière en terre cuite. Le plus beau des cimetières où vient se dénouer la folie, où dorment des hommes fous de bonté, malades par amour, malades de raison.

Je suis le fou d'Aïcha
plus belle que la lune
pure comme ma folie
on a eu des enfants morts avec les fleurs
ils sont là
suspendus à ma barbe
je suis le fou de Rahma
bonne comme le pain
fertile comme la terre
oiseau dans mes yeux
ils disent que je suis fou
ce n'est pas vrai
je crie je pleure et me tais
je danse sur la flamme
et je parle aux morts
je suis une clé qui tremble
un livre ouvert pour les enfants qui ont peur
je suis le cimetière des pauvres
mais je ne suis pas une apparition
on dit

depuis que j'ai dormi entre les seins de Rouhania
il est fils de la solitude
tu sais
quand Nachoude, le vieux pêcheur, est mort, emporté par l'écume
    grise
on lui fit des funérailles grandioses
les chats ont pleuré
la mer se retira du chant et la lune veilla longtemps sa tombe
moi je suis le sommeil coupable et l'exil des chiens
j'ai l'amitié des chats et des pauvres
toutes mes épouses ont été infidèles
sombrées dans une folie froide
des images et non des âmes
ils disent que je suis fou
alors que je suis seul
un peu triste
écoutez-moi
je vais vous raconter...
je lui ai donné une chèvre...
non
je ne suis pas fou
donne-moi une cigarette et je continue l'histoire...

VI

A l'insu du souvenir

A la mémoire de Pierre Viansson-Ponté

1. Ma patrie est un visage

Ma patrie est un visage
une lueur essentielle
une fontaine de source vive
C'est une main émue
qui attend le crépuscule
pour se poser sur mon épaule
C'est une voix
de sanglot et de rire
un murmure pour les lèvres qui tremblent
Ma patrie n'a d'horizon
qu'une tendresse retenue
dans les yeux noirs
une larme de lumière
sur les cils
C'est un corps de tourments
précieux
comme une touffe de racines
voisin de la terre chaude
C'est un poème
engendré par l'absence
un pays à naître
au bord du temps et de l'exil
après un sommeil profond
suspendu à un arbre
aux branches fragiles
frappées par le vent

Ma patrie est une rencontre
qui a eu lieu sur un lit de feuillage
une caresse pour dire
et un regard pour dormir
un pays à l'écart des mots
tant que le souvenir est meurtri
Entre nos doigts
un ruisseau
pour que le silence soit
Mon visage est de ce ciel obstiné
vide
blessé par l'élégance du refus
Ma chute notre amour
arbre saigné
défiguré par la grâce rompue
une même douleur
de nos corps s'est emparée
Reste ce poème
pour le deuil tardif
d'une patrie qui n'a plus de visage.

Tanger, 4 juin 1979

Fais ta demeure
dans la parole retenue
sur la rive d'une phrase.
Ne sois pas impatient
regarde l'herbe des mots
l'enfant
descendra la fougère du crépuscule.

Femme
terre tendre
remuée par les vents
sur ton corps
la trace d'un visage
que l'oubli a ouvert
dans ta voix
le souvenir d'un lit saccagé
par l'exil d'un sommeil profond.

Un lac
ou un cri
un ciel
mourant dans un visage
un amour
nu
dans les matins des miroirs.

Un visage sans rides
est un ciel sans grimaces
(une pensée superflue).
Terre fêlée par le temps et la grâce
on aime à s'y arrêter
comme l'enfant
devant l'énigme
et la beauté.

Légère et indispensable
parole de lumière
internée du sommeil
une goutte d'eau
dans le fracas de la vanité.

Le jour inversé
dans l'exil du regard

Geste suspendu
main dressée
dans l'œil de la jument assise

Les mauvaises nouvelles
sont engendrées par les nuits brèves.

On annonce
l'arrivée d'une forêt
chassée de son pays
avec ses oiseaux blessés
ses arbres et amants meurtris
une forêt de terre tiède
enveloppée dans un drap d'argent
offerte à l'étroite nudité des sables
le visage de l'humiliée
est voilé de paille.

Est-ce le temps de la dernière étreinte ?

Sous leur pas
le pays s'effrite
et la nuit change d'abîme.

Un excès de silence
dans le matin froid

un signe de la nuit
étranglée par l'angoisse aveugle

L'eau qui passe dans la longue chevelure
habille ce visage
avec la peau des mots
le regard est un chant
et ce corps
un fleuve
qui traverse la ville
fermant les portes
à l'oubli
salué par les oiseaux vivants
jaillis de ma bouche
en poèmes et pétales.

J'irai à la mer
à l'insu du temps
temps volé à une étincelle entre tes doigts
j'irai loin
jusqu'à l'usure des mots
jusqu'à la fatigue des pierres
ton rire
au faîte du jour
me dit encore la main éphémère, cette main froide, souvent trempée de bonheur, cette main qui tâtonne sur mon visage un peu pour reconnaître la peau, à la manière de la cécité qui cherche l'aube, un peu pour apprendre ce corps qui court, impatient, en avant de son image, ce corps qui va, parce qu'il a peur de n'être plus, cette main voile la lumière qui tombe dans le vide de la parole.

Et puis le silence entre la main et le visage.
La main, parole maudite dans le froid soudain, se retire.
Le visage rentre dans le corps,
s'enfonce dans la blessure.
Un soleil tiède veille à son enterrement.

12 juin 1975-20 juin 1979

Chant pour l'embrun de rupture

Pour cet amour
une lumière brève
et une terre fière de sa vieillesse
une nuit lavée des songes
rendue à ses racines longues
déposées sur les lèvres sèches de l'amer
c'est une blessure qui remue
comme le sommeil des feuilles
ou un sanglot retenu
sur la rive fragile
c'est une main qui se pose
sur l'absence et les départs
un front rayé de lassitude et d'images
l'image d'un visage traversé par l'enfance
un mélange d'eau pure et de ciel blanc
les paupières tremblent à l'approche de l'ombre
c'est le jour qui s'étire dans un champ de silence
à flanc de verdure
les yeux à peine ouverts
sur la résine d'un amour
arbre couché
malade et oublié comme le songe de sève
dans la robe du rivage
abandonné des insectes qui ont vécu dans son ventre
cet amour déjà vieux
au premier sourire l'oiseau de la petite montagne
est de pierre et d'errance

242

Quel chant pour l'embrun de rupture
et le retour sur les vaisseaux échoués
une pause dans l'épaisseur des siècles
que la splendeur lasse
pleine et vive
cet amour en dérive d'exil
mains errantes sur l'eau tiède de la mort
mendiantes au seuil de l'île
à la montée des eaux
cet amour qui va
aveugle à la lisière d'absence
terre déplacée en vain
à perte de souffle et de dessein
sur ses lèvres un trait de miel
laissé par le poème
c'est une amorce au rire qui devance l'oubli

Quelle violence dans la chute de la lumière
un homme se pend à sa blessure
dans le secret des solitudes
pressé par l'orage des mots et des silences
enveloppé du pays
aux mains des vieilles femmes
tissant une couverture de laine
pour la mémoire de l'enfant
porté disparu
une brûlure au visage pavé

Que d'éternité dans la moisson des syllabes
réunies pour parer à la souffrance
dans un cahier retiré au temps
c'est sous la chair que tu as mal
sans mesure et sans larmes
un flot

un éclat de verbes
pour inverser l'usure

Quel ouvrage du pays défunt dans cet amour
où
sur toutes choses un verset du poète
pour l'archive de la douleur

Nuit jadis agréée
dépouillée de l'ivresse feinte
mais rendue à l'épaule nue de l'île.

Mai 1979

Il est des êtres qui attirent la foudre. Leur orgueil est de la même lignée. Une haute exigence. Il s'agit pour eux d'affronter cette déchirure dans le ciel et de s'y mesurer. L'enjeu ? La mort ou l'absolu suprême.

Quel destin pour l'être frappé de lucidité suprême !
Une lumière trop vive donne la cécité.
Une lumière qui se retire des yeux qui ont tout vu procure une
    infirmité apaisante.

2. La mort est une prairie
émue par le silence

La mort d'un ami, c'est un peu de notre mort qui est entamée.
C'est une porte qui s'ouvre sur le territoire glacé de l'exil.
C'est une lumière soudaine qui traverse le ciel de nos angoisses et
déchire les draps de l'oubli.
Il est parti sans faire de bruit, laissant une maison et ses fenêtres
ouvertes sur un verger de mélancolie et de tendresse.
Il va falloir se replier dans l'extrême complicité du silence et avoir
beaucoup de pudeur pour que l'émotion ne porte le voile des mots.
La douleur, quand elle impose l'absence suprême, quand elle vient
d'une mutilation, ne peut qu'être tue. Elle est renvoyée à notre
propre solitude, celle qui nous habite et qui a le goût de la terre
froide.

9 mai 1979

Le silence absolu
l'absence portée aux cimes
l'infirmité
autant de traversées dans le corps
laissé
sur l'autre rive
pierre lourde
indispensable
aujourd'hui effritée
sable ou givre
au gré du vent
un corps criblé d'absence
respire mal
un froid partagé
comme le repas du nomade.

10 mai 1979

Des mains creusées par la terre
se sont dressées
avant de devenir cendre
lumineuses parmi les racines
elles protègent le corps
déposé par le fleuve.

11 mai 1979

Cette tendresse
cette lueur et la source
retirée dans la nuit
où nulle image n'est vagabonde
seules les traces d'un sourire
sur un visage qui a souffert
on imagine
ce corps donné
au labyrinthe de la douleur :

Il ne faut pas dévisager la mort
elle viendra hallucinée
pour s'emparer d'un paysage
assis sur les marches d'un escalier
donnant sur une forêt voilée de blanc
elle laissera le corps sur le feuillage
ou à même la terre brune
imbibée de vin
engendrée par la nuit usée
une longue nuit à l'échine de la brisure
et de l'encre qui ruisselle
sur ce ciel confondu avec le crépuscule
lumière brève
pour ce cœur vif qui sommeille à présent
peut-être sur une île
ou dans une maison de jade

un jardin au-delà du chant
lumière brève
car le temps s'abîme
la rosée est abondante
et le vent froid

Il ne m'est que des mots
et ces couleurs du souvenir ardent
pour voiler la blessure
et ouvrir la porte de la forêt qui s'éloigne
comme moi qui apprends
le silence
du miroir ému.

14 mai 1979

Un bras sur l'horizon
une main touchant le ciel
une pensée folle
sur la tête penchée
un peu d'écume et de sel
déposés par la mer :

tel est l'homme qui ne peut nommer la douleur ;
il se découvre funambule.

15 mai 1979

La nuit dévisage l'ombre .
le chagrin m'a retiré la peau ;
elle est tiède sous mes pieds.

J'égare les mots parmi les herbes
et je songe à un visage.

Coucher la joue contre la terre mouillée
rêver l'écorce tendre du chêne
la bouche fermée par les sables.

La mort est une prairie émue par le silence.

16 mai 1979

3. Nouvelles du pays

De mon pays
m'est parvenu le jour
parfumé de musc
dans un drap de feuillage.

Dans mon pays
on ne prête pas,
on partage
Un plat rendu
n'est jamais vide ;
du pain
quelques fèves
ou une pincée de sel.

L'enfant anonyme

Un enfant anonyme
s'est endormi dans un lit de poussière
la joue mangée par la terre
les doigts frêles
transparents
désignent la mer

Il se prenait pour un navire
et lançait des torpilles
en papier et pour rire
dans un ciel vide
il aimait l'école
et les fenêtres

Dans dix ans j'aurai une barbe
et je serai capitaine
dans cinq ans
j'aurai des chaussures
et un costume de laine
dans cinq ans
je ne dessinerai plus la mer
sur la tôle de notre chambre
mon père aura plus d'un cheval
et ma mère sera reine
ma petite sœur aura une île
un diadème et des cerises

Quand j'aurai appris l'histoire
la science et les navires
je partirai sur l'eau
dans une chemise de soie
sur un lit de couleur

Nous habitons une toute petite maison
une cage recouverte de cartons et de palmes
c'est une chambre plantée
comme une bouteille renversée
dans une terre de pierres

Il rêvait
un jour
il descendit dans la rue avec ses camarades
comme eux il leva le poing
pour défier le ciel amer
et les Forces de l'Ordre

Son petit corps avait peu de sang
léger
un papillon écrasé
perdu dans de grandes savates
rêve abrégé
rendu au regard lumineux
d'un enfant anonyme
vite enterré.

Vie confisquée

Humble citadelle encombrée
de pierres lourdes et usées
dans un ciel de miroirs séparés
ce pays
descend le fleuve
avec ses hommes nus
et ses gamins de poussière
ce pays
porte une blessure sur chaque épaule
couverte de parure
et de prières face à l'orage
chargé de sable et de braise
les astres désunis
de miroirs dressés
gardent le souvenir
peuple
de solitude et de faste
le front large de la montagne
retient ta violence
dans les talus de l'attente
la terre a tremblé
libérant le jour
d'un ventre nubile
rude la traversée du ciel
sombré dans l'éclat éphémère
une parole inversée

dans une main étonnée
à peine visible dans le mur
un visage ému
pour la lumière du soir
et les hautes pluies
saison dispersée
sur une terre mal aimée
quittée en hordes
pour la ville
avec une poignée de grains
mêlés au sable
serrés dans une étoffe chaude
pour les besoins de l'oubli
des hommes et des femmes
rendus à la nuit
et aux ombres agitées
la ville est ouverte
ni porte ni muraille
une grève battue par les pierres
les gamins iront à la gare routière
pour l'aventure étroite
et le pain ramassé sur un coin de table
les filles
retourneront à l'argile
d'une vie depuis longtemps confisquée.

Nous habitons un cimetière d'arbres déchus
l'écorce sèche
est rongée par la pierre

Sur cette grève
retirée à la mer
des tessons de bouteilles
et des chapeaux mondains très usés
quelques cravates enfoncées dans la boue
et des moineaux crevés

Au milieu du territoire
une fontaine pour tous
et un sac de pain rassis

Aux jours de l'hiver
les morts se mêlent aux vivants
les yeux tenus ouverts
par un vent violent

Les autres jours de l'année
les jeunes filles
les yeux mangés par le trachome
vont s'asseoir sur les tombes
et attendent la mort
qui descend l'escalier du ciel.

Un asile dans ce visage

Un pays dans la douleur qui repose
une ride tracée par l'eau
sur cette terre lasse
c'est un chemin d'argile et de pierres inutiles
un petit corps
les yeux mangés par le soleil
me montre la maison
des briques rouges entassées
c'est un chien affamé
nous n'avons pas d'électricité
mais nous aurons l'eau l'an prochain
nous avons des fenêtres
et pas de vitres
nous avons une maison
et pas de toit
mais
j'ai un nid de cigogne
des brindilles et une comète
un sabre pour la nuit
j'ai des figues et des olives
dans une jarre bleue
j'ai un peu de terre
pour faire une colline
et un roseau pour courir
maison inachevée
un mensonge de la pauvreté

et une robe de nostalgie
une ligne blanche dessinée
par la brume à l'issue de la nuit
le père est absent
l'horizon est un naufrage
dans une main émue
une naissance
c'est l'enfant endormi
dans les limbes de l'attente
c'est le fils de l'absent
nommé au septième jour
manque et silence
aussitôt partagés
un chêne se penche et frôle
le visage et la pierre
vagabonds
dans cet enclos contre le vent
au milieu de la cour
la mère fait le pain
entre les jambes écartées
un grand plat en terre
le pain du jour a le goût de la terre
et la terre a fait de cette maison
un refuge pour l'oubli
le pays est de l'autre côté
une rumeur lointaine
un rêve déchu
dans cette maison
une jeune fille aux seins nus
ferme les yeux à la lumière retirée
le crépuscule captif
de bras fragiles
sa main s'attarde dans le miroir
où passent le jour et un cavalier

la chevelure sous l'eau d'une source
statue oubliée ou sirène malade
une larme un arbre un collier
de perles sur le lit
la mariée s'est endormie
dans un manteau d'images
sur le banc de marbre
du jardin andalou
elle enlève ses bagues
et joue du piano
des moineaux et des poèmes
tombent de l'arbre
sur un escalier suspendu
le cavalier porte un chapeau de paille
un aigle sur l'épaule
la mariée est une statue
légère sur un cheval qui court vers la mer
le vent fait tomber la bougie
un ange renverse la jarre
et s'éloigne
comment dire les années rudes
des hommes sans terre
et des enfants sans le rire
un peuple mutilé
assis sur la pierre
pour une petite vie
étroite et raide
un ciel d'images et d'ombre
dans la tête penchée
au seuil de la forêt
derrière le mur à peine fêlé
juste après la nuit
au moment où les petites étoiles
visibles chutent dans les flots
l'enfant a trouvé du travail

il a hérité la boîte du cireur
devenu chef de bande
une prairie d'oiseaux morts
sépare la ville de la pierre
quel destin pour ces gamins
du pays insolent
préférés de la tyrannie solaire
déplaçant l'été vers la brume de poussière
la mort aveugle
passe légère
s'arrête à l'aube
elle veille la bâtisse du sommeil
ce pays de manque et d'attente
perd la patience de vivre
brutal le geste des hommes
où sont la pudeur du matin
le sourire des morts
et les longs silences du regard ?
où sont les visages hérités
de la larme céleste ?
la main qui bat
la femme l'enfant
ne s'arrête plus sur le sable
pour s'émerveiller
il est un fleuve
qui traverse les avenues
fleuve anonyme
emportant la nuit et la ville
il se retire à l'est
et donne aux enfants un visage et des énigmes
la terre saigne
inclinée
comme tant de violence détournée
toutes les mains se sont posées
sur le corps d'un adolescent

« *martyr à dix-huit ans, Mohammed Grina a succombé le 24 avril 1979*
des suites des tortures »
toutes les mains impatientes
ont déposé une part de lumière
sur un visage étonné
il voyage à présent dans l'extrême douceur des choses.

Tanger, juillet 1979

Hommes qui partez
vers les bûchers de lumière
telles des statues aux yeux bandés
cet arbre
vous regarde et vous bénit
de ses veines
une source a jailli
et coule vers le récif de l'oubli
si
sur votre chemin
vous trouvez des figues grasses et mûres
ramassez-les
si
vous rencontrez une enfant émue
égarée entre la pierre et le feuillage
donnez-lui quelques olives
un pain ou deux
et cette couverture de laine.

La femme assise

Elle s'est assise sur un banc de pierres
au bord de la route
sur une feuille large
entre ses doigts un chapelet de prière
dans un panier d'osier
une galette et des dattes
sur son menton
un poisson aveugle
tatoué
sur son front
des rides et un siècle
un âne chargé de foin et d'objets
traverse l'ombre
un homme égorge un coq
le laitier n'est pas passé aujourd'hui
ils ont emmené son fils
au milieu de la nuit

La femme assise
immobile
elle regarde le ciel
et attend
immortelle.

L'horizon
est un mur de granit
le mur
un miroir usé
le jour
une ombre nue
la pensée
un rideau froissé
la rivière
n'est qu'un souvenir
et les mots
une poignée de clous rouillés
serrés
dans une main qui saigne.

C'est avec des mains d'argile
que les gamins des ruelles basses
renversent les barricades du sarcasme
mangent les figues tombées
fendues par un trait de miel
déplacent les pierres et mottes de terre
sculptent leur corps dans le bois parfumé
et offrent leurs yeux immenses
aux lèvres chaudes
de la ville à l'errance.

Et le jour s'est arrêté
sur un visage étonné
l'œil baissé
la honte le désarroi
Quel silence du lointain et du détour !
taire les mots qui font mal
et se coucher près de la fenêtre
ouverte par l'arbre abattu
pour le sommeil de la terre
se posant
sur les paupières humides
de l'enfant assise.

Les femmes de la terre ocre ne se voilent pas.
Elles travaillent plus que l'homme.
L'homme est un seigneur sur son cheval.
La femme le suit, à pied.

Corps dansant,
elle est la voix et la source,
chant profond de la montagne qui se souvient.

Dans mon pays
l'homme aime la femme sans tendresse
la femme s'emplit la bouche d'argile
et fait des enfants
chaque enfant est une parole
prise à la nuit
une caresse du temps
petite éternité de l'aube
sortie d'un ventre asservi
une grâce
telle la main du fleuve
sur l'horizon des solitudes.

Corps légers
corps tatoués
la terre rouge y a dessiné un jardin
et la lune y a déposé des bijoux

Vacille la lumière
au rythme de l'énigme
sur les dunes
comme des caresses de l'amour

Le haïdou
dans des sables
comme un rire dans l'herbe
c'est l'écrit du ciel
qui conjure
les vaisseaux de la mémoire
qui sont loin à présent.

Comme une chute de lumière
le jour est planté de miroirs
où viennent boire
les chevaux du ciel.

Après les flots ivres de la nuit
les clameurs emportent l'aurore
vers la rive de l'insomnie.

Étranger,
prends le temps d'aimer l'arbre
accoude-toi à la terre
un cavalier t'apportera de l'eau, du pain
et des olives amères
c'est le goût de la terre et les semences de la mémoire
c'est l'écorce du pays
et la fin de la légende
ces hommes qui passent n'ont pas de terre
et ces femmes usées
attendent leur part d'eau.
Étranger,
laisse la main dans la terre pourpre
ici
il n'est de solitude que dans la pierre.

De la nuit
point de testament
pour le veilleur
sculpté dans la pierre blanche
ni pour le cheval
qui a déployé ses ailes
dans la forêt des miroirs.

Décalage

Étrange ! le peuple parle une langue et les autres pataugent dans du fabriqué. Le peuple échange des gestes et des regards, invente des mots, ranime des proverbes, s'entoure de métaphores, d'images et de parfums. Ceux qui lui parlent, ceux qui prennent la parole à sa place – pour son bien et à son insu – utilisent un langage faux, forcé et culpabilisé. Le peuple rit du décalage et du malentendu. Il épargne la pitié et retient la violence.

4. *Un pays à l'insu du souvenir*

Indifférence...

Meurtri, grièvement blessé dans sa terre et son histoire, le Liban s'enroule dans un linceul de démence et de cécité. La mort avance, diffuse et blanche. Entre ses doigts, des enfants armés et des regards renversés dans un ciel ceint d'étoiles éteintes, calcinées par la furie et la haine.

La mort avance et avale les petits soleils imprudents, fous et tendres, égarés dans la braise et la transe. La tempête s'est levée de dessous les pierres. Le vent crible les corps à peine dessinés sur écran de fumée.

C'est la guerre, « civile » rappelle-t-on, comme si l'autre était plus meurtrière. Le Liban se saigne. Nous assistons, comme dans un cauchemar, à l'hémorragie toujours recommencée. Chaque nuit qui passe ensevelit ses centaines de corps éclatés. La mort prend des habitudes, et nous aussi. La déchirure, l'horreur deviennent ordinaires, banales. Alors c'est l'indifférence. Voire, nous anticipons sur un avenir déjà visité : demain la guerre civile ailleurs ; nous n'aurions que l'indifférence des autres.

20 mai 1976

Liban la lie la mort

Les morts
séparés du ciel
traversent la prairie qui fume.

La cité est une mitraille
douloureuse
l'étoffe du ciel
ivre de vertige
et de mort.

L'ombre du cèdre oscille
grimace
dans l'euphorie du massacre
écrit l'histoire d'une patrie
inachevée.

L'espace nomade de la blessure :
mélancolie
de nos certitudes.

Un sanglot d'encre
sur les matins
blessés.

Le soleil
abrégé par la cécité
du temps.

Telle la croisade
des enfants et des siècles
sur la peau d'un chameau
qui a désappris le rire.

Le feu allumé par les doigts morts
songe ou destin
de la forêt séquestrée
dans le gel
un ventre nu.

La terre imbibée d'encre
aima la mort
l'arbre
indigne
étrangla ses feuilles
comme l'océan qui fêtait ses couleurs.

Les morts ont semé des graines
pensées
dans la poussière
et l'oubli
dans le sanglot
des chevaux abattus.

Il est un pays
dit par la lueur du temps
à l'insu du souvenir.

La nuit donne sur le jardin
un homme regarde la mer
il vend des oranges et des clémentines
à la tendresse du regard
le rire des jeunes filles
immobiles
sur la dune de l'été.

Tu me dis ce pays
exilé dans les mots
tu t'es assise à la terrasse du crépuscule
pour boire un café
et rire
un petit vent passe
chargé d'odeurs et de parfums
les épices voyagent
comme les souvenirs et les pierres
cardamome et roses séchées
le soir
les objets dansent
dans la marre de l'oubli.

D'un souvenir de terre tachée de sang

Ton corps est une terre
où la pluie mêle les syllabes à la lumière de l'aube
une terre fragile
retournée par la fièvre
et le chant de l'arbre
dans le pli rude de la nostalgie

ton corps est une lettre d'automne
lue par le désir du vent
racontée au miroir qui te donne un enfant
et tes yeux
promènent le pays du rire natal
un pays qui nous a quittés
laissant une fontaine pour l'olivier
et un peu de jasmin pour les morts

tes mains
dans le songe couvertes de mousse
éloignent le ciel traversé de silhouettes et de couleurs
car la lune voilée
t'est étrangère
comme la nuit possédée par cet œil ouvert

ton image renvoyée par la pluie
en cet instant ultime où on enterre le pays
une image éphémère

dessinée à la craie blanche
dans les cendres d'une école
ton image frêle emportée par la poussière
et ta bouche entrouverte
laisse passer le jour

ton front mangé par l'arbre qui s'en va
en cette année captive de l'hiver
ton front caché dans les fruits de l'été
comme les souvenirs confondus
l'épaule nue
soupçonnée
par l'horizon qui chavire
c'est la marée haute de l'oubli

ta voix
descend de la nuit
pour réveiller les corps courbés parmi les pierres
ta voix
secoue l'arbre mort avant les saisons
c'est le rire de l'époque
et la terre donnée à l'errance

une image répétée :
la saillie du temps
un peuple sur les routes
encombré d'objets et de désespoir
un miroir géant encadré de feuillage
va vers la mer l'abri des mages
les larmes effacées par ce matin bref
c'est le moment où la mort est tombée
en mille éclats de lumière
sur des corps sans destin
mariés de la terre nue

au village du sud
un vieil homme sert le café
le visage traversé par les siècles
et la promesse du miracle
les oiseaux viendraient de la mer
sur un navire de nacre
ils annonceraient le retour des fiancés
perdus entre les tombes
fauchés par l'éclair d'une ville
enroulée de lierres vifs

ta main a tiré le rideau de velours
sur la vie délabrée
et la pierre ourlée de silence

l'incendie est une mémoire éparse sur la neige
comme la mort
jaillit à l'endroit de la source

au village du nord
le vieil homme vend des fruits
la pastèque et le raisin
une balance entre les doigts
une pierre lourde comme poids
un morceau de marbre ramassé dans la ville
les petites filles s'arrêtent
et regardent le ciel
un oiseau migrateur a été touché
il flotte dans les nues
corps suspendu dans la poussière ocre
le vieil homme égrène un chapelet
les étoiles tombent une à une
au seuil du silence

on parle de ruine et d'accalmie
pour cette terre blessée
pour ce corps peint sur l'enceinte
dans un ciel de soie
tes rêves se sont enveloppés
hauteurs vaines pour le vol migrateur
épaisse et large la vitre
entre l'astre et les hommes
herbe morte sur la lumière vive
le reflet d'un soleil atteint par la rage du marin
livré à l'exil des plaines

une mère
en noir
petite est assise au seuil de la maison
elle a croisé ses mains sur sa poitrine
et attend l'heure du retour
c'est un fils qui n'est pas revenu
d'un souvenir de terre tachée de sang
le malheur a la constance de la grimace
les hommes n'étaient pas vêtus
le sable et la boue de ces derniers jours
leur linceul un seul amour
de bleu éteint
à peine enflammé
pour faire l'histoire
la chute
à peine entendue
là-bas
une maison basse
faite de pisé et de pain
un toit de roseaux et une natte usée
la lumière du crépuscule
insolente sérénité
dans le refuge d'une main

tranchée
immobile
dans la parole rompue
et ces quelques objets dérisoires
une théière
des verres
un plat en terre grise
et une jarre pour le miel
une paillasse pour le sommeil et le rêve
un morceau de ficelle sur une valise
le temps
reste subtil
et passe sur les feuilles séchées du maïs

une mère
en noir
s'est levée
elle reviendra demain
attendre
et mourir d'absence
l'hirondelle sort de la fumée
et vole au ras du cimetière
étrange lueur sur un champ immense
couvert d'un drap gelé
la forêt s'est couchée
solitaire
dans le marais de la nostalgie

Octobre 1978

A Tell Zaatar, la mort est arrivée en riant

Comme les traces d'un corps inhabité
tu es surpris par le vent du matin
tu ouvres les yeux sur un territoire où tu ne reconnais
ni les pierres ni les mains
une prairie de miroirs
seule la voix
la voix de la mère
une voix sans rides
insinue le bonheur
elle introduit le jour dans ton corps
mais la mort
a décidé de déjouer l'errance
dans ce corps
même l'absence s'est éteinte
sur ton front un peu de terre
et l'amertume de cette foule déportée
voici la terre
aime-la c'est ton destin
laisse le voile glisser sur les images
écoute
ceci est un pays à l'âme écorchée

l'histoire n'a plus honte de ses décombres
sur la pierre
sur la cendre
sur un corps éclaté

envoie quelque message d'« indéfectible attachement »
à la mort et au soleil
je vous écris d'un matin
d'un siècle à venir
des mots épargnés par la démence
un peuple s'est grièvement blessé
dans son corps
dans son histoire
ce peuple dont je suis
a l'âme mutilée

je ne suis pas soldat
je ne suis pas guerrier
je suis arbre foudroyé
par les nuits déchues
et le ciel était bleu comme dans la légende
je suis pierre tombale
stèle pour le vent qui descend sur la colline
corps vidé
je suis l'astre qui a touché les flots
et dansé sur les vagues
je suis l'astre qui a perdu ses miroirs
et les larmes en cristaux
épinglés sur le front d'une jeune paysanne
alors la mort
habite le jour
et couvre le soir de cire et de miel
la mort
blanche
sur des petits corps
des feuilles qui tremblent
de tendresse et de pudeur
alors la mort
fait le pain dans des réduits
je ne suis pas soldat

je ne suis pas guerrier
je suis une caisse en carton où on déposa un enfant
aucune main ne s'est posée
pas même un linceul
un regard injecté de sang
le pain avait le goût de la terre meurtrie
l'homme est parti chercher l'eau
la femme s'est jetée sur un obus
elle a eu le vertige
mais elle a ri
pour ressembler à l'étoile du crépuscule
il a mis une cagoule
l'arbre était épargné
les croix étaient en fer
l'astre mit le feu à la mer
sur les sables
de la cendre une chaise et un chien
il est parti monter la garde
le vent emporte la cendre
les corps s'ouvrent au vent
s'amassent dans le manège
alors la mort
paisible sur les terrasses des cafés
aligne les arbres
la forêt s'est couchée
et la montagne a avalé les enfants désarmés
il est parti
chercher les galettes et les olives
mais les femmes avaient des dalles sur la poitrine
un soldat jeune et tendre
tire sur les tombes
les morts se dressèrent
ils avancent vers la mer
un homme roule dans l'herbe
dans la bouche de la terre et quelques vers

la montagne a craqué
et les camps traversés par l'abîme

peuple errant
qu'as-tu fait de ta solitude ?
peuple reclus
qu'as-tu fait de l'astre et du rire ?
où as-tu égaré le jour ?
la nuit des sables
et le noir des tentes
ne sont plus linceul
dans les lignes de la souffrance
haute la mort
fascinée par l'herbe folle de ta mémoire

un gouvernement dresse des potences
il pend des gazelles
la prairie ivre
est traversée de rire
une danseuse soulève son ventre
et la foule en pleine crue de visages flottants
les hommes...
quels hommes ?
« les frères bruns et nus »
et les autres
les enfants
des siècles de violence dans le regard
pilonnent la colline
la vie chute dans un bol d'encens
les enfants
maquillent les morts
et tirent sur l'aube
la nuit ils rêvent d'azur
dans les caves étroites de l'espoir
les mères vautrées

agonie du temps et du sommeil
la foule défile un ciel bas
pour le rire de ceux qui gouvernent
et le meurtre
pour la beauté des choses

et les masques tombèrent
– disent-ils –
derrière les masques
il n'y avait plus de visage
plus de tête
mais un chemin de cendre qui monte vers les nues prises
dans les sables
les rues étroites
avaient des dalles et des visages sereins
la main suspendue à quelque pierre
disait le jour absent
les corps et les mots
éclatés
lambeaux de chair plaqués au ciel
mais les cris
la main et les mots retournés dans la fosse commune
étaient veillés par les étoiles
l'insolence s'est mêlée au soleil
et les hommes n'avaient plus besoin de masques

Jusqu'à la terre nubile de nos solitudes
nous porterons
la légitime violence
la fièvre haute de l'errance
la mort semée
au lointain de nos rives
nous sommes les Indiens d'une prairie qui avance
avec nos enfants armés pour la nuit
Palestiniens

nous sommes autant de soleils fous
qui brisent l'harmonie laurée de haine
tissée par les spectres des États frères
le jour
caressé par un vol d'oiseaux
nous donne raison
ceux
ensevelis par l'argile et l'abîme
exécutés par le silence
sont de retour
les étoiles quittent le ciel
et racontent Tell-Zaatar :

Humanité...
quelle humanité vieillira dans cet asile
sur la rive de la faillite
sur la digue des mots évanouis dans les discours
que n'es-tu peuple, ô toi foule ?
fusillée à toute heure de la journée
ramassée par les nues fatiguées
dite par les ivrognes et les mendiants
ô foule devenue horde dans les boulevards du songe
lointaine dans les îles
entassée dans les mosquées
habillée par les haillons de l'histoire
tu traînes tes fils vers l'océan
épaves
sans caresse
chaque État est un asile
et les chefs se nourrissent de chats morts
sans faille est le temps
et la lumière passe sans larmes
sur tant de pierres
l'amertume
et le faste larvé d'une victoire

à l'aube
tant de corps éclatés
astres aveugles
muselés
ombres qui veillent
la muraille
la nuit
à peine une tribu du temps
laissée à l'herbe
où les morts et pèlerins
chassent les nuages
arrivés en intrus au festin
à l'histoire

Mais où sont les peuples arabes? Nous sommes sans nouvelles du peuple de Syrie et des moineaux de la Cité des Morts. Nous n'avons d'échos que de meurtres officiels. Un ciel de démence est tombé sur Tell-Zaatar avec des oiseaux morts et ses nues blessées. Le cri ou le chant d'une mère qui se nourrit de sable. Tire sur ses cheveux et vide sa mémoire :

On m'a dit que notre cause était sacrée et que mes enfants étaient des martyrs. On m'a dit que nous sommes un peuple orphelin mais fier. On m'a dit que nous avions une terre et une prairie, des oliviers et des ruisseaux. On m'a dit d'attendre, là, sous la tente, dans les camps. Mes enfants sont partis, à l'aube. Ils avaient dans leur sac du pain, des armes, des olives et des prières pour la victoire. On ne pleure pas les morts. Les mots pleuvent et font des trous dans la toile noire. Notre cause. Juste. Sacrée. Notre histoire est tissée d'espoir. Ah ! le rêve ! Le rêve palestinien déchirait les nuits, déchirait le ciel et nous donnait l'ivresse. Je savais la trahison. Les terres vendues. Le pays usurpé. L'histoire nous expulsait, et nous sommes devenus une mémoire errante. La honte balbutiée. La brisure. On nous sépara du jour. Promus à la vie. Le peuple de Jordanie était muselé. En ce mois de septembre, j'ai perdu les enfants et la raison. Leur sang ramassé dans les sables. On me dit : c'est une trahison. J'ai dit : notre peau n'est pas assez grande pour d'autres massacres.

Mais enfin, pourquoi parlons-nous de trahison ? L'ennemi ne trahit pas.

Décembre 1976

La braise de ce visage

A la mémoire d'Ezzedine Kalaq

Seuls les yeux étaient ouverts
dans ce visage déchiré par la jument des plaines
le corps avait pris feu
au moment où un enfant s'accrocha au sarment de la vigne
pour ne pas quitter la terre
seuls les yeux étaient ouverts
dans le crépuscule des sables
et la main carbonisée restait suspendue
tendue vers l'entrée du ciel comme pour saluer un ami
au moment où le cavalier repoussait d'un geste l'orage
quittant les pages du manuscrit pour l'absence et la mort
dans le désert de ce peuple voué à la brisure

Le cavalier s'en alla dans les dunes cacher son corps et les larmes
l'oiseau de passage dit : Les hommes ne savent plus mourir de béatitude. Les mots tombèrent du haut des minarets en lambeaux de chair. La parole mêlée à la pierre soufflait sur les mouches venues mourir dans la braise de ce visage.

Paris, 26 septembre 1978

317

Des pas et des rires au soleil
avec Ezzedine Kalaq

Mars 1977

C'était un hiver bleu à Sidi-Bou-Saïd. Les chats nous suivaient, et lui riait.

– Tu vois cette porte ? C'est une petite merveille. Elle est fermée sur un jardin interdit. Chez nous, les vergers n'ont pas de porte. Regarde, ils ont peint tout en bleu. Viens par là, prends-moi en photo. Non pas seul. Avec Leïla. Nous n'avons plus le temps de nous arrêter devant des portes aussi belles.

– Tu crois qu'ils vont se mettre d'accord à la réunion du Caire ?

– Au Caire ? Il n'y aura rien de nouveau. Et pourquoi il y aurait du nouveau ? On va réaffirmer nos positions. Viens un peu à l'ombre. Regarde la mer. Un miroir indifférent. La ville de Tunis est blanche, enveloppée de lumière. Une mince couche de brume tardive. Tu as aimé le discours d'Arafat à l'ONU ? Il y a de la poésie vers la fin. Le rameau d'olivier. Le fusil. Le rêve palestinien. Le rêve ! On va passer notre vie à consommer du rêve. La Palestine, libre et démocratique, ce ne sera pas pour nous. Ce sera pour nos enfants.

– As-tu des enfants ?

– J'aimerais avoir des enfants...

– La vie privée...

Je n'ai jamais su où il dormait ni avec qui il se laissait aller. Aimait-il les filles brunes, les chevelures blondes, les yeux noirs ? Il riait de la mort qui traverse la grande avenue et les ruelles basses. Tell-Zaatar. Une colline de thym encombrée de corps éclatés.

Il aimait les costumes légers et les cravates bleues. L'élégance ? « Il faut bien soigner notre image. Je ne suis pas un terroriste. Je suis un Palestinien sans terre. »

Il portait un caban bleu marine au col relevé. Il faisait froid. Ses mains étaient dans ses poches. Il était avec Serge et une femme. Ils cherchaient une table à la terrasse de la Closerie des Lilas. Il était jeune. Un adolescent en liberté.

J'ai su plus tard qu'il recomposait la carte de son pays avec de vieilles cartes postales achetées sur les quais de la Seine. L'homme qui les vend est un Palestinien. Ezzedine ne le savait pas. Les deux hommes s'épiaient. Un jour, ils devinrent amis et ensemble se sont mis à chercher village par village la terre usurpée.

La Palestine est éparpillée sur les quais de la Seine. Le ciel de Paris, juste avant le crépuscule, est souvent traversé d'une lumière très belle et qui provoque une émotion étrange. Cette lumière change tous les jours. Elle est essentielle pour l'exclu. Elle devient une patrie, le temps d'un regard ému. La mort passe à côté. Elle ne dérange jamais cet éclair de tendresse.

Ezzedine marche à présent sur une place d'automne vers une grande porte peinte en bleu.

5. Regard

Mars en Tunisie

Le ciel de Tunisie perd du bleu en ce mois de mars saisi par le soleil tiède. Les arbres murmurent quelques fleurs pour le vent passager. La mer, sans l'écume, s'étire, effleure un petit nuage.
Les enfants de Tunis ont des yeux immenses. Ils sont noirs. Ils sont verts. Les garçons et les filles courent et font semblant de réinventer le mystère. Sur leur front, le rire et des syllabes pleines du jour. A Sidi-Bou-Saïd, ils défont la légende : l'hiver, ce lieu du snobisme parisien leur appartient. Ils l'occupent avec leurs beignets, leur récolte de jasmin et la malice prise à la mer.
L'été, ils viendront sur les barques des pêcheurs regarder les intellectuels fatigués se pâmer devant une porte bleue ou devant un verre de thé entouré d'abeilles.
Pour le moment, ils jouent sur les dalles des cafés. Les touristes passent en groupe téléguidé. Ils traversent les murs blanchis à la chaux, gentiment.
La ville n'a pas de porte. La pierre ne s'élève plus. C'est le temps des façades vitrées. Des villas dans la périphérie. Point d'opulence. Point d'insolence. Des fortunes discrètes. La fenêtre donne sur la prairie. La prairie avance vers la mer.
Le soir, le ciel se penche pour entendre la voix des enfants. Quelles nouvelles ?
La Tunisie est encombrée de sa beauté, de sa lumière et de ses étudiants. Dans les facultés, il y a des vigiles. Dans la Cité universitaire, les forces de police sont entrées. Des blessés. Graves. La mer est belle.

La pêche est bonne. Tout va bien. Le pays est calme, replié sur ses rêves, heureux d'être aimé. Les étudiants ont repris les cours. En plus du bleu, la mer perd la mémoire. Les enfants s'en vont jouer sur le sable qui recouvre la rumeur.

Mai au Caire

Les rides du Caire sont enveloppées de lumière et de poussière rouge. Une ville fatiguée. Sur ses épaules, des châteaux, des étoiles et le souvenir de quelque émeute. Mais elle sait rire encore. Elle rit du temps qui traverse cette terre enceinte. Elle se débarrasse vite de la nuit pour redonner à la pierre la clarté qui tire les enfants des rêves tardifs.

Un corps entamé par le temps accueille la misère ordinaire sans vaciller dans le désespoir. Les enfants courent dans la ville qui, par pudeur, détourne les yeux. Elle se donne au ciel pendant que ses fils tirent sur des seins desséchés.

J'ai lu une tendresse immense dans le regard brisé de cette ville livrée au soleil, à l'abandon et à la survie. Elle a répudié tant de souvenirs que les murs se sont fêlés. Mais que de brisures qui résistent ! Ce ne sont pas des ruines, mais des pierres lourdes couvertes par les sables de la mémoire. Certes, l'oubli est lourd à porter. Pourtant, cette cité occupée par la foule est une citadelle qui se moque du temps tant elle déborde de vie.

Les gens sont simples, c'est-à-dire dignes. Ils sont saisis par quelque chose de vrai, dans une durée et une disponibilité voisines de la légende.

J'ai lu sur des visages l'attente d'un peuple patient, accroché à l'espoir, mais qui sait descendre dans la rue quand on lui demande trop. Un bonheur fait de petits riens. Du pain et des fèves. Un fleuve et un peu d'herbe. Peuple résigné ? Non. Un peuple qui tourne en dérision la haute politique et qui sait donner à ses luttes et à ses colères l'urgence qui dérange.

A la sortie de Khan-el-Khalil, sur la route de l'aéroport, un cimetière immense : c'est une ville sauvage, un lieu occupé par des milliers de familles. C'est la Cité des Morts. Ville ouverte où les vivants se sont emparés de quelques pans de murs, où les gosses jouent sur des stèles et les dalles de la mort. La mort blanche est là. Elle est voisine du jour et du rire. La nuit recouvre les vivants et les morts dans un linceul d'étoiles. Le jour, le soleil soulève les sables. Hommes et femmes partent à la grande ville gagner la survie quotidienne.

Murs fissurés, pierres taillées, dalles calligraphiées, tel est le « mobilier » de cette cité où la mort se promène sans jamais se prendre au sérieux dans un tourbillon de poussière pendant que les enfants jouent à se cacher derrière les tombes.

Avec ses huit millions d'habitants, Le Caire va-t-il vers la dérive ? Le fardeau est lourd. Un peu partout la foule célèbre la vie. La violence est repoussée par un vent chaud.

La nuit n'arrête aucun éclat de rire. Les Égyptiens continuent de se promener dans les grandes avenues, au bord du Nil. Certains cafés commencent à vivre à partir de minuit ; à l'Astra, par exemple, place Tahrir, des chanteurs débutants se produisent tout au long de la nuit. Saphia Hilmi est une dame aimée. Danseuse célèbre, elle a aujourd'hui un cabaret qui porte son nom. Tous les soirs, un public « baladi », un public important vient l'applaudir. Une douzaine de danseuses, chanteurs et chansonniers se succèdent sur une scène mal éclairée. Un décor pauvre. Des gestes maladroits. Le rêve est petit. Une dame, la cinquantaine passée, serrée dans une robe noire fripée, tente de séduire le public avec une chanson d'amour. Sa perruque blonde tient à peine. Son maquillage très appuyé – résolument rétro – et sa poitrine fellinienne suscitent plus d'intérêt que sa voix rauque. Des dizaines de livres égyptiennes lui sont offertes par un admirateur ? Elle les brandit et hurle dans le micro : « Un cadeau du peuple saoudien, qui aime et salue toute la nation arabe... » Un autre consommateur – un Libyen – lui met entre les seins quelques billets. Le micro dans une main, les livres dans l'autre, elle hurle : « Le peuple de Libye, libre et indépendant, embrasse le peuple frère d'Égypte et toute la nation arabe... »

Vers deux heures du matin apparaît l'étoile tant attendue Saphia Hilmi. Une robe verte, couverte de paillettes d'or. Une perruque blonde bien posée. Le décor est plus soigné et la scène mieux éclairée. Saphia Hilmi, qui, dit-on, a plus de soixante-quinze ans, fait quelques pas de danse. Ce n'est pas tout à fait le délire, mais la salle est émue.

Fellini avait trouvé dans ce cabaret des petits morceaux de rêve, accrochés sur une scène populaire, où l'imagination est appelée à quelque élan de folie.

L'aube est brève. Les moineaux – c'est ainsi que le cinéaste Youssef Chahine appelle les enfants du Caire – s'emparent tôt de la ville. Les autobus envahis, penchés, sillonnent les rues. Les voitures reprennent leur tintamarre. Les feux rouges s'allument. Personne ne les regarde. On roule sans code. Les accidents sont rares.

Le Nil est bleu. Le Caire n'a pas fermé l'œil. Il regorge de vie et de problèmes. Les touristes ne se promènent pas dans les rues. Ils sont pris de vertige. Ils ont leur circuit et, dans leurs valises, beaucoup de bouteilles d'eau minérale. Vous les voyez sur des chameaux au pied des pyramides. Une caricature sous le soleil. A quelques pas du Sphinx, une famille égyptienne pique-nique sous un parasol. Le transistor émet une musique lancinante. Il fait moins chaud qu'hier : à peine 40°C. Au loin, un nuage de poussière suspendue.

6. *Éloge du refus*

Sur « Chant d'amour »

Nous serons tôt ou tard pris en flagrant délit de fantasme. Nous serons condamnés, sous l'œil mesquin et vengeur du gardien de l'ordre, à une réclusion solitaire entre la pierre nue et un bout de ciel peint sans tendresse.

Rentrés en nous, nos désirs tourneront dans le vertige et la fièvre de tant de corps isolés, de tant d'âmes séparées de la vie, de tant de solitudes semblables et fraternelles, et de souffles complices.

Si la pierre avance, si la lumière est rare, c'est que notre corps grandit et notre solitude, aimée, caressée, traverse le ciel et les champs pour rejoindre le silence immense d'un regard fou de beauté, fou par amour. Et le chant d'amour, né de la caresse d'une main sur sa propre épaule, né d'un râle qui retourne au fond de la gorge, né d'un geste soupçonné, recomposé, d'une autre solitude, ce chant a fait que la pierre grise est devenue légère, transparente, feuille d'automne transpercée par une paille fine qui relie deux bouches qui fument. Mais l'œil mauvais, médiocre voyeur, incapable d'aller au-delà de la surveillance du territoire carcéral, exécute le fantasme fou d'une liberté profonde. Le chant d'amour se poursuit dans les champs où les mains se touchent, où des corps mêlés à la terre et à l'herbe s'aiment dans une réclusion dont la solitude est en faillite.

C'est le chant de la plus haute tendresse, pris à l'étoile vagabonde, mémoire d'un enfant qui a souvent posé ses lèvres sur la pierre nue.

Pour Jean Genet

Jean Genet est un homme scandaleux.

Comment la société qui l'a très tôt exclu peut-elle aujourd'hui lui pardonner sa lucidité ? Une lucidité subversive, car elle est le produit d'une pensée libre, indépendante, qui n'a de complicité avec aucun appareil d'État ou de société. Une pensée libre qu'aucune institution ne protège.

Les réactions brutales et indignées qui ont suivi sa réflexion sur la violence et la brutalité * s'expliquent très bien. Lorsqu'un intellectuel français prend la parole, il y a souvent derrière lui une classe, un parti, un groupe, une chapelle. Les risques existent, mais ils sont mesurés.

Jean Genet est un homme seul.

Il n'a pas de bagage. Les objets n'encombrent pas sa vie. Ils n'existent pas. Il a juste une petite valise et habite toujours dans des hôtels. Des hôtels situés souvent près des gares. Une façon d'être toujours prêt à partir. Genet part souvent. Jamais pour des vacances. C'est un nuage fou. Fou et libre. Il se pose n'importe où. Avec légèreté. Avec humour. Les concessions, c'est comme les objets, il les laisse pour ceux qui ont choisi de vivre dans la société telle qu'elle est ou telle qu'elle sera si un petit changement légal intervient.

Reclus, seul dans la société qui l'a maudit, Jean Genet a des attaches. Ailleurs. Dans d'autres territoires. Souvent lointains. Souvent habités par la détresse. Car Genet est un homme fraternel.

---

* « Violence et brutalité », article paru dans *Le Monde* du 2 septembre 1977, et préface aux *Textes des prisonniers de la Fraction armée Rouge*, Maspero, 1978.

Ses compagnons, il les reconnaît ; il sait où ils sont, et il va vers eux où ils se trouvent : dans les bidonvilles du Maghreb, dans les ghettos d'Amérique, dans les territoires occupés en Palestine, au Japon, en Europe... Il s'est toujours reconnu dans ceux que la mort poursuit, ceux qu'on sépare de la vie, ceux qu'on chasse de leur terre, ceux dont on démolit la demeure et la culture, ceux que la brutalité institutionnelle refoule de l'histoire. Genet s'est toujours trouvé à leurs côtés. Jamais par hasard. Sa famille, sa patrie, c'est d'abord ses semblables, les exclus, les mutilés dans leur être, dans leur identité. C'est pour cela que Genet vit l'œil ouvert sur l'approche de quelque génocide. C'est pour cela qu'il se tient prêt à partir. Genet, c'est un homme disponible.

Son œuvre l'importe peu. Il ne la renie pas, mais refuse d'en parler. Il ne supporte pas qu'on mette lui ou ses livres en avant. Pour lui, l'écrivain est celui qui arrive à ne plus avoir de visage. Genet n'a d'écoute que pour les autres.

Voilà ce qu'on ne pardonne pas à cet homme. On ne lui pardonne pas d'avoir toujours été concrètement, physiquement aux côtés des déshérités, des peuples nus, dépossédés. Lui, l'exclu, corps déposé sur la rive par un vent mauvais. On ne lui pardonne pas d'avoir été aux côtés des Zengakuren au Japon*, des Black Panthers, des Palestiniens, des expatriés.

Comment lui pardonnerait-on aujourd'hui quand il prend la défense de personnes qui sont allées jusqu'au bout de leurs convictions, absolues dans leur lucidité, leur désespoir ?

On peut raconter beaucoup de choses sur Jean Genet. On peut médire sur sa vie et sur ses gestes. On peut même lui faire dire ce qu'il n'a jamais dit ou écrit. On peut falsifier l'histoire en toute tranquillité : il n'écrira pas aux journaux pour rectifier.

---

* Les Zengakuren ont combattu, au cours de l'hiver 1966, le Premier ministre Sato qui voulait construire un aéroport sur les terres des paysans expulsés. Ils manifestèrent aussi contre le renouvellement du bail des bases américaines au Japon.

Magritte : l'empire de l'ironie

Magritte est un mécanicien du jeu et de la plaisanterie. Il rend un hommage d'ironie et de plaisir aux objets du quotidien, des objets à regarder et à penser.

L'humour des pierres est un oiseau taillé dans l'océan ou une femme découpée dans du bois. Rire de la couleur, précision du ciel, scandale de la banalité et craquement de la mémoire déposée comme présage sur une dalle face à la mer.

Magritte manipule la liberté des couleurs et des mots. Le langage est piégé par le bonheur, détruit par la liberté. Astucieux, le dévoilement des mots ; visible, la technique de cette composition. Si « rien n'est confus, sauf l'esprit », comment contourner l'énigme de l'arbre habité par la lumière, comment célébrer la contradiction qui va au-devant de l'évident arc-en-ciel, au-devant de la ressemblance ? Ressemblance piégée, car « ce qui est invisible ne peut être caché à notre regard ». Notre esprit est accaparé par l'illusion de la clarté et du visible, encombré de lourdeur. Il a peur d'être cette ambiguïté suprême que Magritte entretient sur les genoux de la nuit, au seuil du labyrinthe.

Magritte est le peintre en bâtiment du langage. Il promène son échafaudage à travers la ville et les hommes. Il traque l'invisible et dessine la pensée. Mise en cause de l'art de peindre « qui identifie ce qu'il faut penser et ce qu'il faut peindre » ; provocation de la quiétude romantique (romancée) ; subversion du regard.

Le mystère c'est l'extrême raffinement du réel. La pensée échoue chaque fois qu'elle essaie de « décrire » ce réel. Au mieux, elle raconte des histoires. Résistance de l'artiste qui devient complice de l'arrière-pays des mots. La beauté est dans cette intelligence de l'arc-en-ciel. Voir n'est pas reconnaître, mais faire un usage neuf et inédit du regard. Peindre des mots et dire les « jambes du ciel ». Dessiner un nuage et parler « la Révolution ».

Magritte arrive à temps pour la rature. Ses toiles, ses écrits nous incitent à biffer des pensées qui reposent au fond d'un lac clair pendant que nous faisons la sieste sous l'arbre de l'étonnement.

Magritte est un homme qui est un plaisantin, un amusé de la tendresse qui a tourné le dos à l'angoisse. En fait, il l'a noyée dans un pot de couleurs pendant que sa femme posait nue devant un nuage bleu, tout bleu.

La beauté de la gratuité

L'époque est nostalgique d'un peu plus de mystère : phrase inachevée ; geste gratuit ; pensée ambiguë ; itinéraire labyrinthique ; règne
des images et des couleurs changeantes. Les hommes, possédés par
la dictature des objets, ont besoin de prendre un peu d'air, pas celui
que leur prépare l'agent de voyages, mais celui qui se trouve dans
un coin de leur mémoire. Se détacher. S'éloigner. Prendre des petits
chemins tracés par l'âne. Aimer le détour, la paresse, le souvenir. Ne
pas nommer les choses pour ne pas les détruire. Aimer la parabole,
la cultiver pour l'opposer au squelette qu'est en train de devenir le
langage parlé ; un réseau de formules et de clichés. Fade et pauvre.
Il n'est qu'utile. Utilitaire au service de l'impatience et du calcul du
temps. Juste ce qu'il faut pour communiquer ou faire semblant.
L'élégance est considérée comme une grimace, une préciosité qui
masquerait le vide. Quant à la poésie, elle est enfermée dans des
pages imprimées et non découpées.
Pourquoi ne parle-t-on plus par proverbes, par dictons et symboles ?
Est-on encore en mesure de renouer avec une pratique et une tra-
dition où la parole et le geste ont la pauvreté et le dénuement ?
Taos Amrouche a rapporté dans *Le Grain magique* quelques proverbes, contes et poèmes berbères de Kabylie. Mieux qu'une
enquête sur le terrain, ils disent la vie devenue une légende. Malgré
la misère, le manque et l'injustice, les mots sont faits de pudeur et
d'ironie. Point de larmes sur l'orphelin. Mais les bribes d'une philosophie de la mort, les bribes d'une grande sagesse populaire qui sait
rire au lieu de crier, qui dit la faim et la blessure sans extravagance.
Au bout du texte pointent la désillusion et un brin de désespoir.

Des vérités à danser

L'événement, qu'il sème la mort, la haine ou le mensonge dans des corps donnés en offrande au Destin borgne, cet événement, fait divers ou politique, manque d'humour. Il ne peut se retourner contre sa propre démagogie et la faire éclater en petites étoiles, rire et artifice du ciel. Alors la haine est programmée ; elle sépare les hommes, donne la mort. C'est ainsi que des peuples, victimes du Destin infirme, vont être mis en avant pour recevoir les blessures graves de l'histoire. Les draps du ciel seront déchirés, et nous nous lamenterons tous... dans nos tombes.

Il est des vérités à danser, parce que dites par l'imagerie populaire, dites par le fou, le sage, anonyme ; nées de la foule généreuse, nées de la candeur, c'est-à-dire de l'insolence des enfants et des grand-mères.

Imaginons alors un dialogue, à coups de proverbes, entre Goha (personnage commun aux pays du Maghreb) et un voyageur. Ils commentent l'actualité, sans passion, sans haine, tout simplement, avec la sagesse – l'ironie – du dire dansant :

– *Aussi haut que les yeux pourront s'élever, le cil est au-dessus...*

– Il ne faut pas regarder haut, il faut se pencher et ramasser les débris d'étoiles ; cela peut servir quand le pain est rare...

– *Il m'a frappé et a pleuré ; ensuite, il s'est précipité chez le cadi (juge) et a porté plainte...*

– Celui qui est frappé par sa main ne pleure pas...

– *C'est qu'il pense qu'avec la tête du fou il va atteindre la rivière...*

– Dis-lui ceci : « Si tu atteins ton oreille, mords-la ! »

Silence. Le thé est tiède. Le toucher du regard sur les sables.

337

Il arrive que le plus froid de tous les monstres froids – c'est ainsi, n'est-ce pas ? qu'on nomme l'État – s'échauffe, bouillonne, lance des flammes sur aile de slogans ravageurs, voile du jour, vente de sable qui habille l'enfant nu. Alors c'est l'inflation des mots qui filent dans le ciel : « révolution », « socialisme », « peuple »... débris d'étoiles... C'est comme l'histoire du mendiant nu :

– *Qu'est-ce qui te manque ? lui a-t-on demandé.*

– La bague, répondit-il.

– *De quoi s'occupe le chauve, sinon du peigne et des cheveux ?*

– Le peuple ?

– *Que Dieu le protège des mots, comme il protège la langue d'entre les dents.*

– Oui, pendant longtemps la dent a souri à la dent, tandis que dans le cœur... la traîtrise.

– *On a pris l'habitude de s'arroger ce qu'on n'a pas : il y en a qui s'arrogent la bonne conscience – ceux qui partagent avec le caméléon l'arc-en-ciel coincé par l'imprévu de l'histoire – comme il y en a qui s'arrogent le droit d'avoir pour eux la vérité et de parler « pour »... le nuage nomade.*

– Tu sais, il ne glisse entre la chair et l'ongle que l'impureté, mais les pieds de l'orphelin apportent la boue en été.

– *Ne sommes-nous que des faiseurs de mots ?*

– Je ne crois pas, nous parlons par parabole, car nous savons ce que c'est que la pudeur...

Silence, puis un grand éclat de rire.

Lettre à mon double

Un petit homme se promène dans Paris en se réclamant de mon identité. A lui, je destine ce billet.

Que ne peut-on avoir un double, un être qui porterait le masque de nos illusions, qui vivrait de la vanité qui, dans certains cas, nous manque et du mystère de quelque silence? Un double, ce serait comme un agent qu'on enverrait dans les lieux où il est difficile d'accéder et qui tiendrait le langage de l'extrême audace ; qui aurait les gestes de la haute trahison, les gestes du jeu, le bruit du rire et le mouvement d'un corps dansant. Parce qu'on n'est pas léger ; on rêve de passer d'un territoire encombré à une profonde solitude, comme un funambule, avec la grâce de l'ange qui nous habite et le sourire du matin.

Mais l'époque est celle de la lourdeur. On croit encore pouvoir avancer avec le visage d'un autre, au moment où derrière cette image collée il n'y a que du vent. Du vide et l'odeur moisie de la misère. Que celui qui dit être moi sache que je compte lui confier, en plus du nom propre, quelques-unes de mes désillusions et surtout une pratique un peu plus folle du rire et du semblant !

Angoisse (pour en rire)

Éclairée d'absence
la nuit se peuple de murs fissurés
chaque blessure est un cri de la pierre et du vent
sur ta poitrine une dalle piétinée par des chevaux
tu songes à une prairie légère
et tu tombes dans le puits de la naissance
    Mémoire haute
    Labyrinthe clos
    Clé suspendue aux nues
tes lèvres cherchent le sein
les dents se brisent
éclat de verre et d'étoile
la peur
s'entasse
comme le sable dans ton corps

7 juillet 1977

Hôte imprévisible de toutes les langues

Dans l'arrière-pays du silence, une fontaine. Une source d'eau claire, de mots et de paroles.
Le mot avance. Nu. Blanc sur fond de désert blanc. Le nommer, c'est déjà le voiler, le nourrir, lui désigner une patrie.
La parole nous habite déjà. Elle descend sur le mot, miel de la langue, couverture posée sur un corps
Écrire c'est veiller sur la fontaine, au seuil de la mort, à la porte du paradis. Épreuve de violence. Il s'agit d'opérer la trahison. Trahison suprême et absolue de l'ordre et de l'illusion. Trahir la certitude et déjouer le destin qu'on vous jette comme un manteau d'argent, comme une vieille médaille.
Où se trouve cette arrière-terre, cette prairie qui m'habite et avance avec le vent du soir ?
Je suis né dans une petite ruelle de la médina de Fès – aujourd'hui détruite. Ruelle sombre, dallée, indécente. Chaque pierre était une phrase. Phrase arabe. Phrase orale. Dite par l'aube. Ma fontaine est là. Entre ces pierres. Dans cette obscurité ambiguë qui portait le voile de la pudeur. Voile qui sépare le jour de la nuit et qui laissait s'infiltrer le crépuscule et le malaise.
Pourquoi cette ruelle vient aujourd'hui installer dans ma mémoire une lumière vive, une clarté insoutenable ? Peut-être parce que je la nomme avec un miel trafiqué, avec une huile impure. Peut-être qu'aujourd'hui ma langue a entamé la migration essentielle et qu'elle va vers le corps nu, le corps dépossédé. Elle déserterait le poème natal vers d'autres vergers, des territoires sans nom, sans identité, sans haie. Le poème natal se poursuit. Il est léger. Comme une plume. Il

danse dans l'air et se pose sur une parcelle du temps, un champ de tendresse, au bord d'un cri, dans un regard, celui d'une enfant qui revient d'un pays ancien avec le musical de son visage, avec un ruisseau d'eau pure dans la voix.

Ma langue n'a pas à avoir un lieu. Elle n'est pas de nulle part. Je la prends à la fontaine de ma naissance et je la promène derrière les collines.

La langue française alors ?

La langue française est un pays qui s'écoule. Elle devrait se renvoyer à son origine. L'histoire a laissé trop de ratures sur sa peau.

Les lois de l'hospitalité ne s'écrivent pas. Par pudeur. L'écrivain est l'hôte imprévisible de toutes les langues. Ses racines, il les nourrit là où il va, là où l'angoisse écartèle son corps. Ses racines, il les porte en lui. Comme il est habité par un désarroi qui emplirait les pages blanches de rire.

Sur les terres fêlées, l'exercice de la dérision est un luxe. Et pourtant ! Si un livre ne pèse pas lourd face à la décrépitude imposée par l'humiliation institutionnalisée, si un livre n'est qu'un pavé de papier dans un bidonville, l'écrivain s'entête à dire. Il s'entête mais ne doit pas oublier les limites de l'écrit. Le danger aussi. Car même les mots sont dangereux. Surtout dans un bidonville.

VII

Marseille
comme un matin d'insomnie

Comme le soir qui se lève
la douleur nous regarde
telle une présence abîmée par le temps
pour avoir hanté les miroirs.

Tout est pauvre dans ce paysage
tout y est usé
Le temps et la matière
l'arbre est cette silhouette couchée dans les débris
le bois est rongé
et la pierre s'effrite
Ces ruines se sont entassées là
comme le soir
sans éclat sans lumière
juste un bruit sourd et gris
comme un matin d'insomnie

Tout est lassitude dans ce visage
Tout a renoncé dans ce corps étendu

Il s'est assis sur une pierre
en face de lui un escalier de bois
il monte vers le ciel vers le vent
Derrière lui un pan de mur
un lit, une bassine, un morceau de miroir.
La cuisine est de l'autre côté
là où les murs sont noirs.
Une femme en robe de mariée rouge cramoisi
monte l'escalier
le vent emporte son voile
Elle monte très haut dans le ciel
un grand poisson bleu vif descend l'escalier
un accordéon respire
le miroir traverse la cour
l'homme allume une lampe à huile
il visite la demeure
cette maison aux rideaux lourds de poussière
est un navire naufragé qui lui appartient.

Trois grandes fenêtres donnent sur les ténèbres ;
les portes ouvrent sur des yeux éteints ;
reste un regard (comme un signe de la main)
blessé et enfoui dans la terre sèche
perdu dans l'abîme
enveloppé dans un vieux manteau du pays.

L'écho de ce sourire
viendra buter contre le zinc
l'homme et la femme verront
une étincelle s'éteindre à leurs pieds.
Est-ce ainsi que le temps se dénude
voûté par l'ouvrage et l'ennui?

Il s'est assis sur ce fauteuil aux ressorts brisés,
là au milieu des ruines.
Il a regardé ces pierres mêlées à des morceaux de bois et à du fer
     forgé.
Il s'est dit : « ce devait être un balcon, ou une grande fenêtre, une
fontaine au bord de l'abîme, une pièce aménagée pour une nais-
sance, une salle où le temps se reposait. »
Il s'est assis, enveloppé dans un immense burnous.
Il ne regarde pas les ruines, il marche dans un champ d'oliviers et
     parle aux brebis.
La poussière s'est posée sur les yeux et les pierres.
Le temps les a ensevelis.

Comme s'entassent les pierres et les portes
les jours s'éloignent des hommes.
Est-ce la terre ou le ciel
qui craquelle sous les bris de verre ?

Ainsi tu nous es apparue
femme jeune et belle
femme lasse recueillant les pierres
Ainsi tu nous as quittés
femme fatiguée
ombre mal portée
fantôme blanchi à la poussière ancienne
Comme le jour qui tombe dans la trappe des hommes
ce corps à la peau lisse se plie sous le silence
Il donne le courage
Il nomme les enfants
Alors la terre, là-bas, faite d'argile et de patience
doucement retourne le corps pour des moissons clandestines.

Cet homme vend du sable et des mots
à peine s'il se souvient de son nom
Son pays ce sont ses mains
Elles sont lourdes et parfumées de terre
Sa maison ce sont ses savates
Elles sont épaisses et chaudes
Sa vie est une nuit qui a une histoire
Elle est dans un livre
Un livre immense qui dort dans le silence du cœur.

Le jardin est une métaphore
un tapis tissé entre deux arbres
un bateau en trompe l'œil
le rêve est une chambre suspendue au-dessus de la place
l'homme est assis sur un banc
le banc est un songe
et le pays un jardin pour le deuil.

Même usés, déshabillés, ils se couvrent de terre,
dans un cimetière étranger
ils tirent sur eux les sables
comme si c'était un tapis tissé par les filles du pays
ils se couvrent et déposent leur silence sur la dalle,
là où d'autres vies se sont brisées, un matin d'hiver.
Dans la langue oubliée
ils disent les prières éternelles
Ils ne s'adressent plus au ciel mais à la terre qui les reçoit
Ils psalmodient la haine du destin
A quoi bon repartir
le village n'est plus au village
les enfants ont grandi dans d'autres yeux
l'arbre s'est couché dans un drap de laine fine
usés
déshabillés
fiers
mais de quoi
De ces choses banales comme la patrie, les racines et les chants.

Et le funambule, chassé de la ville, revient sur les béquilles de la
    mort
il soulève une porte : un jardin s'éveille
il déplace une dalle : un café s'allume
le funambule danse
les objets s'assemblent, deviennent reflet de la mer
la brume épaisse de poussière suspend l'heure
Est-ce une ville qu'on outrage
ou est-ce la nuit qui ensevelit ses ruelles souterraines?

Les poutres du ciel sont tombées
brisant une vieille horloge arrêtée
dans une ville qui partait vers l'Orient de l'exil
Elle partait sur un navire que poussaient des enfants aux mains
    gantées
C'étaient les princes de la ville,
des gitans, des soldats, des résurrections,
des pirates sans épée,
c'était cela l'ombre de l'exode.

Il s'est séparé de son île
comme on quitte une femme infidèle
Il est parti sans se retourner laissant son chapeau sur la chaise
Il a voulu changer de vie
A Marseille il n'a pas reconnu la mer
il vit à moitié,
la mort est une vieille compagne
Elle lui a confisqué tous ses souvenirs
quand tombe le soir
il lui parle longuement
lui invente des pays et des jours
lui offre des miroirs et des chansons.
Il n'attend plus.
Il se retire en lui murmurant :
« Tu vois, nous vieillissons ensemble. »

Toute une vie est empaquetée au fond de cette pièce : un transistor, un cintre, une veste, de vieilles chaussures, un paquet de lessive, l'oiseau accablé, une tête de mouton dans un sac en plastique, un souvenir encadré, un mur fatigué, un mouchoir sale dans la poche du blouson, une boîte d'allumettes, des piles usées, une lampe sur une chaise, une bouteille d'eau de mer, et un ballon plein de vent du pays.

Ainsi la ville se retire derrière le port
s'érige en ruines
pour effacer la trace
et oublier les chemins des visages travaillés par la fièvre
Elle fait le propre dans son corps gras
ferme les puits et éteint les miracles.
Chaque rue est une forêt ancienne
Chaque mur est une fissure dans le temps
Marseille n'est plus un port
ni une foire foraine
Ce n'est plus une place pour les soirs d'été
C'est une ombre épaisse et sans faste
où l'étranger exile l'étranger.

Ces visages ont été dévastés par la main humaine
Ces ruines ne sont pas asthme de la terre
ni tremblement des pierres souterraines
Ces ruines sont l'ouvrage des hommes
Des murs et des maisons ils ont fait des décombres
même pas un cimetière
mais un amas de sable gris sur sable blanc
                    sur terre humide
                    sur ciel froissé dans un visage funeste.

Le dimanche prend des allures d'exil
il remplit la rue de vestes aux coudes rapiécés
Sur des caisses en carton on entasse des chemises à fleurs pour
    l'été
une fourrure mitée pour l'hiver
une colombe empaillée pour l'illusion
Sur des bancs en pierre on installe un manège avec danseuses et
    funambules
avec des bris de miroir et des parapluies
une statue porte un éventail
un même chien malade traîne une vieille casserole attachée à la
    queue
Des hommes, rien que des hommes, vieillis par ce seul dimanche,
    les poings dans les poches
arpentent ce matin tardif le portique du silence.

Hors saison
ces hommes sont déposés
au seuil de la forêt
arbres sans branches couchés sur un feuillage moisi
reniés par les vents du sud et de l'est
mangés de l'intérieur par les insectes et l'oubli
On attendra l'été pour le voyage
ou le feu.

La ville les retient dans son poing serrés et immobiles
de peur que leur rire ne couvre la lumière
enfants par hasard
leur mémoire est vieille
C'est un puits obscur près d'un figuier centenaire
C'est une pierre gravée à l'entrée du cimetière
la ville les tient collés contre le mur
Et pourtant ils font des culbutes et enjambent le destin
Ils sortent des ruines montés sur des juments toutes blanches
ils se lancent dans le ciel et comme des poèmes murmurés
le soir, ils prennent le large.

Sur une branche fleurie en ce quartier démoli
une grappe d'enfants se balance comme pour dépoussiérer l'arbre
    épargné
Ils jouent dans un vaisseau fantôme
à être les pirates du printemps
le soleil en papier phosphorescent entre les dents
les pirates sont des oiseaux de couleur qui crient comme des
    singes battus
De culbute en voltige ils narguent les bulldozers
Au lieu de mourir en silence
ils chantent en croquant du sucre
et des pommes comme des étoiles de granit ramassées à l'aube
Ils tirent la langue au photographe
se battent et s'aiment au moment
où la ville les déplace.

Notre chagrin a été consumé par la lumière du soir
quand elle monte des vergers et collines de l'extrême Sud
Notre tristesse est dans cette fumée suspendue au-dessus de la ville
C'est la pelure du temps qui se détache des roches
la lumière habite à présent la cage thoracique de nos enfants
Ils la gardent et la préservent
Dans cette flamme ils vont d'une
voyelle à un éclat de bois sec
les yeux plissés par le rire
Dans nos yeux il y a trop de souvenirs
la lumière s'ennuie dans le regard de naufragés
elle dérape, glisse sur nos joues
et tombe dans la cendre de nos pieds.

Combien de jours se confondent-ils dans ce regard?
Combien de nuits d'anxiété et de chair funeste exaltées dans ce
   silence?
Une lame de fond vient se briser sur des petits rêves
là où l'amour est entrevu
sur les bords vacillants du matin.
Quelle désinvolture d'habiller l'absence d'amours tumultueuses
   dans une prairie
où les images traversent une robe posée sur des coquelicots qui
   tremblent.
Il n'y a point d'éclat mais
l'incroyable légèreté du souvenir.

Sur le mur l'humidité avance moins vite que l'hiver
Elle dessine des taches en bleu
en vert en gris sur ce vieux
papier peint sur ce calendrier
oublié sur le portrait d'une fille
nue contourne le miroir qui ne renvoie plus d'image
et tombe de fatigue sur un bout de comptoir
puis reprend son ouvrage
sans déranger ces hommes seuls
qui boivent de la bière tiède en écoutant l'appel du désir
de Hadja Hamdaouia voix couverte de nicotine et de nostalgie sur
    une musique cassée malmenée par le vent
Dehors d'autres hommes encore plus seuls
passent chassés de leurs lits
superposés par l'éternelle insomnie.

On me dit :   nos visages ne sont pas tristes
ils sont même optimistes
comme la mort du poète
regarde bien nos rides autour des yeux
elles sont là
laissées comme un chant par le rire
Nous rions beaucoup
même quand nous sommes seuls
Nous rions de fatigue et d'instinct
Nos visages ne sont pas éteints
ce sont nos pieds qui sont tristes
As-tu vu nos pieds ?
Ils sont immenses et changent de peau toutes les
      saisons
Ils sont nus comme la lune sur la mer
Nos mains grandissent moins vite que nos pieds
Elles sont légères, presque transparentes
Elles sont pleines d'images
et font de la musique quand on les secoue
Elles mangent la lumière et nous devancent.
Et les yeux des femmes ?
des livres ouverts sur les genoux de la nuit ;
Jardins d'Andalousie pour chants interdits.
Le regard bordé de noirs sourcils
retient éternelle la jeunesse de la statue
il bute contre le mur des visages
qui se ferment au bruit de nos pas.

Il est né dans le désordre infini des choses
dans une langue qui s'effrite
un jour où l'hiver s'est couché dans une maison humide
Il est né dans une chaussure
et la chaussure est dans un miroir
la maison est dans la caravane
et le miroir est dans un wagon abandonné
Il est né dans un pain d'orge
et le pain a le goût de la terre
Il aurait aimé naître dans un puits
là où les visages voyagent
et retournent à la source.

Il dit à son fils :
« Là-bas, le temps nous traverse avec pudeur
il enveloppe notre peau sans l'irriter
il nous laisse des rides sans haine
il nous moule comme une terre précieuse
Parfois le vent nous bouscule
le sable nous aveugle
et les pierres s'accumulent sur nos corps
Là-bas
La mémoire du temps est lourde de rumeurs et d'ancêtres qui
    radotent
Et les miroirs ont renoncé :
la pauvreté rend méchant
l'absence rend suspect
le miracle devient cruel
les rêves s'entassent et se brouillent
mais la roue sauvage des sentiers est une rose parfumée
les vieilles paysannes qui transportent le bois ont des histoires
    pour les nuits sans lune
Et la mort quand elle vient hésite longtemps entre les uns et les
    autres
Elle vient souvent
et repart en ricanant
pendant que les larmes tombent dans les litanies du Coran.
Le souvenir est notre Orient
pauvre et démaquillé.

Ils sont mal venus
Comme la pluie sur la mer
Ils ont couvert le jour ancien
d'un manteau habité par l'humidité et le souvenir
Ils sont venus vêtus de soie et de satin
sur un navire de lumière
Ils avaient un pays et des forêts dans la tête
Partir… Partir… extraire des mottes de terre
les racines mortes et la terre fielleuse
Et si l'arbre pouvait en se penchant dire la fêlure, l'erreur
Et si l'arbre s'en allait
loin… loin… des hommes…

Ces pierres ne témoigneront plus
sur la lumière d'un soir
ni sur les paroles ordinaires échangées entre les hommes après le
    travail
Ces pierres sont cassées
Elles apprivoisaient le temps dans une chambre étroite
elles protégeaient des solitudes
et les couvraient d'un grand silence
la maison s'est retirée
elle s'est couchée dans la poussière
tel un éternel malentendu,
un arbre privé de sève.
Les hommes viennent rôder autour de la brisure.
Ils sourient.
La mort s'est trompée de ville.

Un jour la lumière est entrée dans cet asile
elle a hésité puis s'est posée sur le visage
elle l'a peu à peu éclairé, lissé sa moustache
peigné ses cheveux.
La lumière s'est arrêtée sur le front
elle l'a caressé
elle a épongé la sueur
Puis elle a tenu les yeux ouverts
et le visage est redevenu terre et oasis
là-bas dans le Hoggar,
à Tozeur, à Imintanout
la terre s'est ridée
le visage attend la pluie
éternel sur un banc de pierre.

VIII

Atteint de désert

Les bruits qui parviennent du monde
blessent le regard attentif. Chargés de poussière noire
et épaisse, ils amplifient le malheur. Un homme
atteint de tristesse croit la mort optimiste.
Il prend les artères de solitude et va vers le Sud.
A l'extrême pointe du sol, il attend
le vaisseau qui doit l'emporter. Les sables
sont mouvants. Ils se jouent de son destin
et surtout de sa vue. La solitude est alors
peuplée : d'abord un corps de femme, tantôt
barque pour l'exil, tantôt sirène pour le meurtre et le remords.
Ensuite le corps d'un animal vieux de quelques
siècles. Un monstre en plastique soufflé par le vent.
Un corps d'homme composé de plusieurs têtes d'hyènes.
Il le dévore et le recrache. Point de silence pour cet
homme qui a désappris le rire et la parole.
Reste les couleurs des roches et des sables,
les étoiles qui chutent dans ses mains, et l'immense
désir de l'amour aimant.
Après maintes péripéties qui ont malgré tout laissé
des illusions en place,
il a cherché le seuil du paradis.
On lui a dit qu'il est au Sud
il a pris les chemins du temps et s'est dépouillé de tout :
les objets, les souvenirs, l'habitude et la peau.
Il a marché, aspiré par une tornade.

Le hasard et le vent l'ont installé en un lieu
où il pouvait tout voir et ne rien avoir. Exclu
définitivement du sommeil, il confondait tout.
Dégagé de sa propre image, il était devenu une
éternelle vision hallucinée.
Atteint de désert – sorte de fièvre blanche
jalouse de la mort – l'homme qui a fui le monde
à cause du bruit et de la poussière, devint un
marabout de sable où les jeunes filles viennent
déposer une touffe de leurs cheveux dans l'espoir
de connaître les jouissances du corps avant celles de l'âme.

Les sables de cette étrange rumeur
d'un corps dévasté
au plus intime de ses cassures
est-ce l'aveu d'une naissance trahie ?
Nulle menace n'a creusé un gouffre d'absence.
Une main aux confins du pays
se pose sur une branche de pierres
lentement voyage
la bouche pleine de vent et de cristaux
loue le ciel pour la porte ouverte
aux âmes insoumises.

Quand le soir glisse sur les jambes heureuses couvertes de soie et
    de grains d'or
Quand un peu d'eau tremble au creux des aisselles oubliée par le
    soleil
Quand les bras plus larges que l'horizon s'ouvrent à la nuit aux
    longs cils
Tu rêves de porter en toi les songes lavés par le temps
la tête enfouie entre les seins lourds de l'attente.

Corps défait par l'insomnie d'un cruel amour
visage de l'offense donné à l'adultère des sables
et tu rêves de vaisseau pour tes nuits aux lèvres peintes
où aller quand le matin aura levé l'ombre
quand tes mains captives de la peur
auront vieilli en un jour
roche taillée dans ta chair
rongée par les vivants des sables ?

Des jeunes filles ont dénoué leur chevelure
pour habiller des seins fermes et couvrir un pubis imberbe.
Noire ou rousse la chevelure donne de l'ombre à la dune.
Corps penchés sur le revers de l'enfance
hanches et épaules mêlées
ceintes de cristaux étincelants
attendent la nuit du prince nomade.
Il viendra, voilé de bleu, sur une monture de sel
pour boire dans la bouche de l'inconnue.
Dans son étreinte le vent et la poussière.

Les filles parmi les sables lascives dorment sur le ventre
le vent les a lentement couvertes d'un voile de cristaux
la tête posée sur une roche mouillée
les jambes lasses narguent le soleil.
Elles attendent la caravane des épices et des parfums
l'étranger s'arrête à la montée brûlante de la lumière
les filles maintes fois nées dans la fable
soulèvent la tunique des mots
s'effritent comme du pain rassis
et tombent en poussière sur la cape cramoisie de l'étranger.

Le rêve est une chevelure tressée aux grappes de raisin vert et noir
et l'argile chauffée en ses fêlures grandit la fleur du soleil tournant
un cheval blanc monte vers les rues
sur l'échelle de glaise un enfant est assis
il attend le fleuve et le vent
les mots tombent dans la chaleur de l'aube
amas de pierres ciselées et de lézards séchés.
Il a vieilli dans la ville
et s'érige en mirage de lumière à l'entrée du néant.

Et cette robe tissée de fils d'or tombe avec le soir
sur la dune au ventre plat
on aperçoit les seins à la figure parfaite
et les épaules larges sans la moindre éraflure
on devine le bassin et les hanches
terre chaude au duvet roux.
Est-ce la robe qui glisse sous nos regards
ou sont-ce nos mains impatientes qui palpent et caressent une
    chair de sable ?
Les images qui chutent nous donnent l'ivresse.
Nos pieds s'enfoncent et nos yeux se voilent.

Cette dune est une maison, une île à la langue écorchée
on y entre par les traverses de la nuit.
L'œil mi-clos est plus large que le front.
C'est une barque sur l'horizon. Elle est penchée sur le côté.
Toute sa mémoire s'est ainsi écoulée.
Ce qui s'étend comme un drap entre la roche
et l'instant est le dos. Éraflé. Strié.
Le visage, froissé par les morsures du temps, s'est détaché.
Il est l'exil et l'oubli.
Qui se souvient des césures pratiquées sur la nuque
pour extirper le mal et le sang?
Une eau verte et épaisse est dans le creux d'une main immobile.
L'île cernée par les miroirs vogue sur le sable.
Elle est silence et astre déchu.
Une fois l'an des hommes nus y viennent pleurer.
Ils croient alimenter la rivière de l'enfance.

La lumière du jour lentement trace sur le
champ pudique de terre blanche le contour d'un
corps amoureux.
Corps nu où glisse la brise du matin.
Un vent bref érige les seins
puis les hanches. Sur la cime du genou
l'oiseau de paradis s'affole.
Est-ce un cœur qui palpite
ou est-ce la terre qui s'impatiente ?
Le désir se couche dans le lit du fleuve lointain.
Corps d'amour
embrasé de lumière
tu attends la nuit pour le baiser solitaire.
C'est toi que j'invente
je te regarde frémir et bouger
l'orage gonfle tes lèvres et durcit ton buste
un palmier se penche sur ta chevelure donneuse de feu
je te sais rivière, légende et musique.
Mais le couchant t'a éteinte,
dernière étoile accompagnant le soleil.
La nuit venue, nulle pensée ne t'exalte.
C'est cela la solitude :
un corps à peine nommé est emporté par les mots.

Ils ont dénoué l'immense robe de la nuit
pour que leurs corps entrés dans le sable
soient don à la beauté.
Douce gloire que cette lumière de feu échangé :
les cuisses à peine écartées
dessinent une barque aux couleurs naïves.
Une ombre passe comme une caresse furtive.
Corps de glaise rendu à la chair au premier baiser de la lune.
Sable sur sable à la chute des reins
le vent furieux est sculpteur de demeure maudite
où des corps dévastés sont entassés
oubliés des leurs
à l'écart du jour et des prières.
Faire l'amour sur cette robe, tunique d'étoiles, ciel
déposé dans les lignes d'une main morte.
Le destin n'est jamais étrange. Il a le sourire figé des
statues immobiles devant le miroir.

La barque d'un corps apaisé
vogue lentement sur les couleurs du soir
temps et lumière de crépuscule
faisant frémir la cendre et le silence
notre désir entre dans la nuit
précédé de l'amour
cet amour reconnu dans les perles de l'absence.
Il est le visage et la main le rire
la grâce du corps endormi
le chant des larmes entre les dunes.
La nudité est un soir d'été
une flamme entre nos mains gardée
un fleuve solitaire dont nous sommes l'origine et la source.

Le dos au pays
nos yeux ne veulent plus se souvenir.
Ils regardent l'horizon fait de sable et de feu.
Nous marchons, sans peur, sans joie
vers l'intégrité du désert.
Le ciel, une à une, rafle nos pensées.
Nous avançons sans nommer le désir.
Certains, maudits des terres assoiffées, ont envahi les villes
des gosses sur le dos sur les bras entre les jambes.
Ils ont tendu la main à la sortie des mosquées
les filles ont grandi dans le manque et la crainte
elles vendent les mains et le buste
pleurent entre les murs où elles ont déposé leur âme.
Cruel le visage du besoin
quand le malheur sur chaque chose se pose.

Et nous, expulsés par le vent,
nous convoitons le néant, le désert absolu,
ultime exil,
séparés à jamais de ceux qui ont frappé
et affamé l'homme en nous.

L'homme qui du désert connaît le secret ne
peut vieillir.
La mort viendra, tournera autour de la dune
puis repartira.
Le jour sera sévère, mais la nuit
ne troublera point le regard profond de ce
visage qui bâtit des demeures dans la patience.
De ses mains il tiendra la vie en saison haute,
inaccessible au malheur.

L'homme qui du désert ne saccage point la légende
ne peut subir l'outrage.
Il sera dépositaire d'une mémoire obscure
tissée d'énigmes et de beauté.
Héritier du livre laissé par la nuit.
Les vents le maintiendront humble et fier
debout hors de toute défaite.

L'homme qui du désert sera le témoin,
maître d'un dessein délivré de la souffrance,
habitera une maison où la faim n'entre plus.
Il sera peut-être sans haine, éternel dans le courage,
enfant traversant le siècle avec un cerceau d'étoiles
dormant dans l'orgueil des ronces, sur
la ligne blanche, gardienne du ciel.

L'homme qui du désert sera le récit,
livre de la passion et du pardon,
cœur ouvert, grand comme le pays et le temps,
cet homme ira comme un cheval libre hors l'aride
et l'impénétrable.
Il mêlera les mots au sable pour ouvrir les portes
des villes souterraines et des nuits imprenables.
La liberté aura son visage, sa voix et sa folie.
Mais le désert est un malentendu, un mauvais
lit pour le sommeil et le songe, une page
blanche pour la nostalgie.
Les Bédouins sont dans la ville, les chameaux dans la
légende et les nomades dans les cirques de l'âme fatiguée.

Sur le sein nu d'une jeune fille endormie
le matin s'est lentement posé.
Une caresse, un baiser défendu
à l'insu de la nuit retirant l'étoffe du songe.
Sur l'épaule la blanche écume du jour
souvenir de l'ultime étreinte
brûlure d'un souffle silencieux
corps solitaire que la lumière soumet
nudité fière enlacée par la chaleur
en cet océan de sables secrets.
Point de douceur en cette passion sans témoin
le feu et la langue lèchent les pieds et la roche
le genou légèrement plié donne de l'ombre
au ventre lisse et ardent des sables.

Et moi je veille sur la colline,
la poussière du temps sur les paupières
sur le désir.

Comme une goutte de pluie tardive
un filet de lumière contourne tes seins.
Il éclaire les mots qui scintillent au rivage.
C'est le soleil qui ruisselle sur ton ventre
sur le foulard de soie entourant tes hanches
voile de gitane qui dans la pudeur tire les cartes du désir.
Captive et isolée
solaire et transparente
dans la solitude de la chair rendue à la terre
car céleste est l'agitation de l'amour à la mort donnée.

Corps dressé dans la douleur et l'ivresse
la beauté brûle le sable
pour fleurir dans le regard du nomade.

IX

La remontée des cendres

Ce corps qui fut un corps ne flânera plus le long du Tigre ou de
    l'Euphrate
ramassé par une pelle qui ne se souviendra d'aucune douleur
mis dans un sac en plastique noir
ce corps qui fut une âme, un nom et un visage
retourne à la terre des sables
détritus et absence.

Cette terre avide d'eau n'a eu que du sang pour irriguer le grand
    silence
ce désert affligé a ouvert les tranchées du sommeil
et les hommes s'y sont engouffrés par milliers en un éclair
la peau déchirée
une bougie allumée veillait à l'intérieur de la cage thoracique
    défunte.
Un peu du ciel habitait ces corps voués à l'oubli.

Une couverture de sable a été déposée sur ces sacs noirs par une
    main en métal.
Plus rien ne bouge. Pas même les souvenirs ardents des premières
    amours.
Ni l'oiseau inconnu venu du jour lointain pour la prière des morts.
Il est noir et immobile, les yeux brûlés, éternel.

Ce corps qui fut une parole ne regardera plus la mer en pensant à
    Homère.

Il ne s'est pas éteint. Il a été touché par un éclat du ciel brisant la parole et le souffle.
Ces cristaux mêlés au sable sont les derniers mots prononcés par ces hommes sans armes.

Visages noircis par un feu qui ne tremble point.
Page d'une vie calcinée comme un secret illisible.
Le regard, lentement arraché du visage : c'est une mince feuille de papier belle et résistante, troublante et légère ; un voile entre la vie et notre mort ; un silence qui retient quelques grains de sable.

Les visages lavés par le même feu bref et précis ne sont plus des visages.
L'épure d'un souvenir de visage est ensevelie dans les mêmes sacs noirs.
Le désordre et la défaite ont mêlé les jours et les regards.

Ce corps qui fut un rire
brûle à présent.
Cendres emportées par le vent jusqu'au fleuve
et l'eau les reçoit comme les restes de larmes heureuses.
Cendres d'une mémoire où perle une petite vie bien simple, une vie sans histoire, avec un jardin, une fontaine et quelques livres.
Cendres d'un corps échappé à la fosse commune offertes à la tempête des sables.

Quand le vent se lève, ces cendres iront se poser sur les yeux des vivants.
Ceux-ci n'en sauront rien
ils marcheront triomphants avec un peu de mort sur le visage.

Innombrables sont les signes se vidant de leur eau
dans le tumulte de l'extrême
là, au bord d'un cimetière mouvant.

Dans ce pays les morts voyagent
comme les statues et les flammes
Ils portent des lunettes
et tendent les bras roussis pour s'envoler.
On dit qu'ils sont devenus invisibles
et s'en vont offrir aux vivants les années qui leur restaient à vivre.
Ainsi, que d'ans jonchent le désert : un siècle et plus.
Des vies à prendre comme des chacals empaillés
des vies qui tremblent pour dire :
« La mort n'est pas fatale comme la nuit est l'ombre du soleil. »

Ce corps qui fut un rêve est une maison dévastée.
Il n'y a ni porte ni fenêtre
juste un matelas lacéré, une casserole, un pain rassis, un manteau
accroché, des murs éventrés, de la poussière grise et un calendrier
de l'année dernière.
Les yeux sont des trous où logent des mouches
la bouche est une déchirure
et la peau ne se souvient de rien.

Des invités sont arrivés en disant : « La guerre n'est pas une
    excuse ! »
Mais la maison n'est plus une demeure
c'est l'absence et le silence.
Sur un pan de mur
le portrait du dictateur est intact
les mouches y déposent leurs chiures.

Les arbres calcinés
tiennent debout
Quand le vent les secoue, il tombe des oiseaux desséchés
Aucune main d'enfant ne les ramasse.
Couverts de poussière, ils roulent avec les ronces.

C'est cela le désert
Une douleur ramenée en ville
ou dans un village de la montagne.
Il vient de ce territoire une pluie ocre et un vent qui apporte de
mauvaises nouvelles :
« Ahmed fils d'Ali a donné son âme à la patrie. Martyr, son corps
ne peut être rendu. Il nourrit la terre... »

Celui qui erre aujourd'hui dans le sommeil des autres
n'est pas un martyr.
C'est un arbre de cendre
un vaisseau sans armure
une statue aveugle.

Une voix monte d'un puits sec
elle vient d'un siècle très ancien
quand Babylone était une prière.
A l'époque le monde ne pouvait mourir
les enfants disaient : « Le monde est souffrant mais il ne va pas
mourir ! »

Il est une beauté dissoute dans la terre
une ville
un squelette de ville
assis dans un fauteuil
hospice où viennent dormir les cadavres de paille.

Bagdad n'a plus de ventre
elle a ouvert ses veines
pour un peuple qui a faim.
Sur le front le portrait du fossoyeur est indemne.

De ce ciel si blanc
tombe un masque funèbre
une voix :

C'est de notre destin qu'il s'agit même si nous désirons rester
    anonymes.
Mais la terre nous tire ; elle nous avale puis nous rend à l'eau
    saumâtre du fleuve.
Nous flottons sur le dos, le ventre enflé
nos yeux fixent le soleil
nous n'avons plus d'yeux, mais des orbites qui gardent captives
    des images.

Notre peau n'est plus notre peau.
On nous l'a retirée comme une robe volée
comme un suaire prêté.

Les brûlures glissent comme le souvenir de nos larmes
et nous restons sans miséricorde.

Est-ce un orage ou est-ce le portrait de notre défaite se dessinant
    dans les nues ?
Vaincus nous le sommes par nous-mêmes
et l'abîme est notre héritage.

Une autre voix :
Je ne dirai pas nous
parce que je voudrais vomir
mais je n'ai plus d'estomac
je n'ai plus de corps
je suis un sac
un sac de jute plein de terre
je suis un champ en haut d'une falaise
je suis un champ de pierres où dorment les serpents
j'ai froid dans mes membres séparés
est-ce cela l'enfer
avoir froid dans le corps fantôme ?
Qui parle du fond de cette fosse ?

Moi ?
Je ne suis plus.

D'une autre fosse, une autre voix :
Je me suis endormi. Nu.
Mes pieds dans les brodequins du mort.
J'ai attendu la gloire
et c'est le verbe qui nous recouvrit la peau
Le verbe
moisissure de temps immobile.
Je me suis endormi dans d'autres corps vidés de leurs entrailles
ils étaient encore tièdes
cela qui bouge n'est pas un bras
c'est un chat affamé frappé par la foudre.

Nos paroles sont tombées dans la fosse
ce ne sont plus des mots
mais sève gluante dans la boue et la honte.

On me dit : le deuil de nous-mêmes est dans le regard des enfants.
Qui leur dira l'histoire de nos défaites ?
Nous croiront-ils ?
Je les vois cracher sur les visages défunts
tant de verbes inutiles.
Ah le verbe, les mots, la litanie des affamés
pain amer enfoui dans la terre basse
je les vois courir ramasser nos savates
ils font un feu avec des poèmes écrits par des généraux
et incendient notre mémoire.
Ils ne crachent plus.
Ils ne parlent plus.
Ils oublient.

Image sur image
voix de rivière
sommeil éternel dans le dit des blessures
des papillons noirs escortent notre silence.
J'ai revu le rêve
c'est l'essentiel du temps qui nous déchire :
une maison en bois cernée de lierre aux feuilles luisantes.
Cette maison n'est pas de ce pays.
Depuis la guerre
elle flotte sur le fleuve
en décrépitude.
Le lierre a jauni
deuil des origines
exil des racines.
L'image est rendue à l'âme éteinte
rêve fuyant
ou est-ce moi qui me poursuis du fond de la glaise ?
Je n'ai plus de pieds pour courir
et mes bras sont dans la fosse voisine.
Mes yeux sont introuvables
et mon sexe a été mangé par les oiseaux.
Qui viendra ramasser mon corps ?
Qui en collera les membres et ira les déposer
offrande légère au seuil de ma maison ?
Qui redonnera un nom à ma femme et un visage à notre passé ?
Qui se souviendra des matins masqués
où un bras métallique raflait les enfants ?
« C'est pour le front »
« Pour la Patrie » disait-on
C'est une image qui tombe
foulée par les pieds nus des adolescents.
« C'est pour la Victoire », le ventre ouvert,
d'où s'échappent des moineaux meurtris.
La Mère des Victoires est un immense cimetière
sans stèles et sans prières

sans arbres et sans chats
un grand territoire où le sang des mots et des hommes
s'est mêlé aux sables.

Autre voix :

Et moi
je refuse la prière de l'absent
la gloire posthume et la rose d'argile
je ne suis ni soldat ni martyr
je suis cordonnier et j'ai oublié mon nom
je suis artisan et j'aime les chansons d'amour
j'aime le miel et l'huile d'olive
j'aime l'arak et la fleur d'oranger
je suis petit dans ma rue
je suis petit dans la vie
et là je n'ai plus de sang à verser
je n'ai plus faim ni soif
j'ai un peu froid
et je n'ai plus de larmes à retenir.

Pourquoi notre histoire est semée de défaites ?
Est-ce la débâcle des paroles ?
Une poussière blanche tombe sur le visage
c'est un peu du ciel qui nous ferme les yeux.

Dans leur chute
les étoiles perdent la lumière
elles s'écrasent dans ce désert sans faire de bruit.
Il est tard pour notre Destin.
Nous arrivons toujours en retard pour vivre
mais pour mourir ils disent que nous sommes prêts.
Nos enfants aussi. Légers comme des papillons ils sautent en
    chantant,
ils sautent sur des mines et leurs corps s'éparpillent

en fumée et en cendre.
Il pleut des cendres sur nos vies.
Quelles vies ?
Un peu de soleil dans l'abîme
corps nubiles
cerfs-volants
visages blêmes et regards suspendus
dans ce bol de cendres mêlées.

Nos enfants ne sont plus des enfants.
Emportés par le vent
ils retombent en pétales obscurs sur nos mains qui tremblent
dans un champ de pierres sans mémoire.

Nous sommes égarés.
Nous le sommes depuis longtemps.
Nos guides marchent sur nos épaules.
Ils sont toujours armés.
Ils ne savent ni chanter ni danser
mais ils écrivent des poèmes mièvres
et des discours sans lueur.
Ils crachent sur les visages anonymes
comme dans les festins des temps anciens.

Nos paroles ne traversent pas la pierre humide.
Elles retombent au fond du puits en dessinant des cercles à
    l'infini.
Nos visages se défont dans l'eau lourde
et nous demeurons seuls
tête et mains contre le mur
à égrener nos rêves d'hommes libres.

Le soldat brisé par la faim
n'a plus de corps à nourrir.
Il dort à présent

le visage effacé par les flammes.
Il coule dans le fleuve comme une mémoire qui rejoint la mer.

Le soleil regarde.
Il ne quitte plus son zénith.
Son regard brûle la terre et la peau.
Aucune main n'est venue se poser sur le front de cet enfant
la brûlure ne vient pas du soleil mais du gaz.
On a couvert deux villages d'une moustiquaire de mort
enfants et bêtes figés dans leur sommeil
une mort tranquille à Halabja et à Anap en cette brève nuit du seize
mars mille neuf cent quatre-vingt-huit.

Voile et linceul sont tombés en douceur
pour la paix éternelle.
Corps emmitouflés dans le silence
et sourires suspendus comme un rêve pris en photo.
On a coupé le souffle en saupoudrant la vie endormie.

L'homme qui s'est pris pour l'astre des cœurs « lugubrés »
est un homme qui dort et fait des rêves
aucune de ses victimes ne le rejoint dans son sommeil
fossoyeur méthodique
il agit à voix basse.

Moha descendit dans le puits, trempa ses pieds dans l'eau noire puis
dit : C'est cela ma mémoire. C'est cela notre gloire. Du goudron et
des clous rouillés. Des charognes et des chaussures déchiquetées. Le
jour est moins sûr et la nuit tombe dans la nuit sans que la lumière
écrive une parole, un chant, sans qu'elle dessine une porte, une faille
dans l'acier qui nous retient captifs.
Cet instant, je l'inscris dans le Livre des hommes. Qu'ils se souviennent d'une saison tissée de cruauté et qu'ils disent aux hommes
qui viendront après : ce qui est arrivé n'est jamais arrivé ; l'œil qui a

vu n'a rien vu ; la main qui a frappé n'est qu'une bourrasque, la bouche qui a hurlé fut une erreur dans le fracas des armes englouties dans le sable. C'est du fonds du puits, c'est du fond des âges que les mots arrivent. C'est de ce lieu, arrière-pays de la démence, qu'on mesure le temps. Le nôtre a l'allure d'une destinée.

Quelle destinée ! Mes frères, mes tueurs !

Tous les cent ans surgit de nos marécages non un prophète, pas même un homme, mais un oiseau à tête de cheval, assez grand pour cacher le soleil, assez lourd pour perpétuer la nuit, arrachant la peau, les songes et l'espoir.

Et nous

nous sommes là

immobiles

figés par la peur et la fièvre

notre dignité ramassée dans la paume de la main

notre dignité : quelques gouttes d'une eau rare, de la rosée ou de la pluie

notre dignité lentement se couche dans le temps de l'agonie.

Ô traîtres ! Mes frères endormis !

En vain s'interpose l'ennemi entre le verbe et le corps.

Nous mourons par quantité grandiose et négligeable

et personne ne se souvient du nom, de l'œil ouvert et du matin abrupt qui nous aligne dans une guerre que nous n'avons pas faite.

Qui dira aux enfants de nos enfants que l'histoire arabe n'est plus un conte oriental, une histoire d'amour et de jardin parfumé, une passion où la cruauté est un malentendu, où la mort est pudique, où la vie est un chant à quatre saisons.

Avant

il y a de cela longtemps

j'habitais dans un arbre, puis dans un cimetière.

Ma tombe était sous un chêne. Des chiens et des hommes pissaient sur ma tête. Je ne disais rien. De petites fleurs mauves, sans parfum, poussaient là.

Je n'avais rien à dire.
Aujourd'hui des pelles m'ont ramassé et jeté dans ce puits.

J'arpente l'abîme.
Je descends. Je suis suspendu.
Les cendres fument encore. Elles montent, m'enveloppent puis
    retombent,
poussière grise qui fait de mon corps un sablier.
Je suis friable. Je suis une vieille roche délaissée.
Je suis sable et temps.
Je suis sans visage.
Je nourris la terre et verse mes paroles dans le sang de la terre.
J'irrigue les racines d'arbre au printemps tardif.
Je compte les jours et les morts pendant que des hommes
    transportent leur maison sur le dos.

Une vie ramassée dans une couverture
une vie ficelée
elle ne pèse pas lourd.
La vie n'est plus la vie
pas même dans le regard d'un enfant qui croit partir en voyage.
Ah ! Mes frères, mes fossoyeurs, mes déterreurs !
Ah ! Mes nuits fastes où la lumière est cinglante,
que réservez-vous encore à ce siècle qui nous expulse ?

Œil inversé dans une mare d'eau trouble
ce n'est pas un miroir
ni le reflet d'un souvenir
ni la rumeur d'une fête brisée
c'est une pluie de toutes les cendres
pétales d'une fleur inconnue
écailles d'un ciel sous le ciel
poudre argentée qui vacille avec l'éclair
c'est cela le visage de notre dernier visage
quand plus rien ne résiste

quand la lumière nous trahit
et nos enfants nous maudissent.

Nous aussi « notre besoin de consolation est impossible à
    rassasier »
et nos pieds sont fêlés comme la terre
comme le passé et les légendes des ancêtres.
Nous marchons de nuit
nos fils ficelés dans le dos
enroulés dans une veste
une mère a retiré sa robe et en a fait un linceul pour l'enfant
    éteint.
Nous laissons nos empreintes sur le flanc de la montagne
nous ne nous retournons pas pour les voir
nous marchons comme d'autres peuples ont pris le large
les yeux bandés par la haine.
Nous marchons et la vie s'éloigne
c'est son rire qu'on entend
quand le ciel s'ouvre
quand l'oiseau descend
quand la terre se fissure.

C'est le jour qui se retire
et nous laisse nus.
Nous marchons, les pieds drapés dans de vieux tissus.
Nos mains ne voient plus l'avenir
nos mains sont devenues inutiles
En nous le feu bute contre la pierre.

Que de peuples ont connu notre exil
avec baluchons et barbelés
ils ont vécu sur la terre des autres
ils ont prié un dieu absent
ils ont pleuré une patrie perdue
et les enfants ont craché sur les larmes.

Nous marchons
dépouillés non par vertu mais par nécessité
nos objets nous suivent et nous narguent
notre histoire est chargée
comme une vieille mule
la bête nous devance
lourde et millénaire.

Ô gens du Bien !
Vous qui parlez de dignité et de courage
vous qui parlez comme des dictionnaires
vous qui érigez la Loi et le Droit
dites-nous si nous sommes dignes sous terre
corps et âmes confondus
sans nom
sans dates
riches de nos vertus posthumes
et des fleurs sauvages sur des tombes présumées.
Dites-nous où ranger nos livres et nos chapelets
où jeter les cailloux qui encombrent la bouche
où déposer les dernières volontés
le souffle qui s'évapore avec l'eau du fleuve immobile

Nous avons acquitté les dettes dans l'agonie tournante
en creusant le sable avec nos têtes dures
avec nos corps implacables

venus de tous les hivers
messagers de l'effroi qui soudain nous gouverne.

Nous avons fixé le ciel
las de brûler ses astres
et déposé nos testaments dans une barque de pêcheur.

Sur la rive du fleuve des femmes voient des statues
marcher sur l'eau elles rêvent.
Mais pourquoi pleurent-elles?
Est-ce la nuit qui les pousse vers les corps saignés?

Des caves sortent les ombres « faire la guerre » disent-elles
mais les maisons s'effondrent
et les montagnes voyagent
en nous laissant.

A nous le cœur manque.
En sa jeunesse enfoui dans la roche
le jour se hisse au-delà de l'aride.
Un souffle, un seul souffle est nécessaire
pour dire
mais le portrait du fossoyeur veille.
Le « Sauveur de la nation » n'est qu'un oiseau funeste
il a asséché le fleuve.
A la source des eaux
aucune pierre ne porte le nom des disparus
aucun signe n'est envoyé par l'aube.
Pour un destin qui s'achève
le temps qui arrive fait halte dans les demeures vides
le soleil passe comme une main sur les murs
efface la trace des ensevelis
sel d'une terre mal-aimée.

Ils ont compté leurs morts.
des mains délicates
des mains gantées de blanc les ont retirés au sable
des bras robustes les ont déposés dans les cercueils.
Le deuil de rigueur les livra recouverts du drapeau et de la
    légende.
Le jour les accompagna jusqu'au cimetière.

411

Ils ont nommé leurs morts
corps entiers et âmes anoblies
don aux vertes prairies
pour le souvenir sous verre
et l'ombre douce
et la grâce des cieux.

Qui comptera nos morts ?
tas de cendres oubliés au bord de la route
membres épars dans les carcasses abandonnées.

Qui nommera ces restes ?
Nous ne sommes qu'épaves sans navire
ombres du vent sur des collines perdues
couchés sur flanc d'airain
par le signe céleste.

Ô vous, hommes puissants,
un siècle de mort vous rejoint :
cette poussière ocre à l'horizon, ce sont les Peaux-Rouges qui se
      lèvent.
Eux aussi marchent
pieds nus sur la terre brûlée.
Éternels.

Ce corps qui fut un corps
a sombré dans le rêve.
Il parle en fendant la terre
cherchant sa maison, sa femme et ses enfants.
Il rôde sous vos pieds à l'heure où les tambours se taisent.
C'est une voix qui n'est oublieuse de rien
Elle effleure les mains innocentes
fouille dans le sommeil paisible
se dérobe sous le feu liquide des mots

et devient un visage
        une parole
            une vie.

L'homme se relève comme s'il avait été happé par le vide. Il secoue son manteau : une poussière argentée s'en détache ; des moineaux et des bagues en tombent. Il ne les voit pas. Attache les lacets de ses chaussures. Passe la main sur le front, lisse sa moustache et cherche un chemin vers l'horizon. Il marche sans se retourner. Une lumière le guide. Une forêt le suit : des arbres noircis par la démence des hommes et du ciel marchent sur ses pas.

Cet homme est tous les hommes. Il a fait toutes les guerres. Il est mort plusieurs fois. Il ne cesse de renaître. Toujours le même, il croit à l'âme, à la pensée et aux choses ; une prairie fleurie, un parasol pour l'amour, le rire et l'amitié, l'enfance et le courage...
Cela fait des milliers de jours et de saisons qu'il marche. On dit qu'il est atteint d'errance. On dit qu'il est fou. Sa bouche est fermée sur des siècles de mots. Ses yeux, grands et étincelants, restent ouverts. Ils voient loin, au-delà des murs et des montagnes. Au-delà de tous les silences.

Février-Avril 1991

X

Non identifiés

1ᵉʳ février 1983

Est-ce une statue qui se lève dans le vent de la flamme
est-ce le ciel qui descend, robe de cendre sur l'orient de ces
    visages
et les mains posées dans le sommeil sur d'autres mains
œuvre immobile
morte sous les hardes de la nuit.
Une nuit et un pays sans gîte
rôdent autour de ces corps déposés sur le flanc de la colline.
Douleur
levée pierre et dalle
siècle pour un verset inutile
la ville de Saïda est dispersée dans ces yeux mangés par la terre.
Tel est l'ouvrage de la mort et du soleil :
hommes décomposés non identifiés :
le visage effacé a emporté le nom.

Sur le ventre ouvert du pays
un enfant dépose une branche cendrée
est-ce le bras ou la main qui sont calcinés ?
Le corps minuscule n'est qu'un visage
une lumière brève sur les lèvres
et le poids immense des regards dévastés.

Imad Rachid Ismaën

Il venait de sortir du camp d'El Ansar
il se disait être le sel et la roche pour sa mère
la fièvre et la voix pour son peuple
l'arbre et l'oiseau pour sa fiancée
le cimetière pour les martyrs et la fête de l'été.

Il se disait palestinien
né dans un camp sous la tente
il avançait lentement face au soleil sur les pierres de Borj El
    Shemali.

Imad Rachid Ismaën avait vingt-deux ans,
une barbe et une terre dont il disait être le cadastre.

On a réveillé les morts
pour leur faire la guerre
le cimetière ne regarde plus la mer
il se couvre de sacs de sable
pour veiller le sommeil des siens.

Chafica Ali Kassem

A Aïn El Helweh
elle a déposé sur la nuit un manteau de cendre
ses doigts ont éparpillé le printemps
dans les yeux de ses deux fils
nés dans la strie de la roche
morte vêtue de cette neige tardive
enveloppée d'eau sale
au moment où l'occupant commençait le nettoyage du sol.

Était-elle grande ou petite ?
Aimait-elle la musique, les chants du village, la source rêvée ?
Elle travaillait la laine et chantait pour ne pas oublier.

Ahmad Ali al-Sibaï

1er février 1983
Ils sont passés ici entre l'aube et le jour
le visage coulé dans le bronze
la mort était là
statue blanche debout sur l'horizon
les yeux bandés avec un vieux mouchoir.
Ils ont emmené Ahmad Ali al-Sibaï.
Le jour s'est levé dans un miroir éteint
la lampe à huile, lentement, s'est retirée.
Seul le corps d'Ahmad
frappé par un marteau
brûlé et découpé
recueillait les premières pluies de février
à Al Halaliyya.

Abd al Karim al-Safadi

22 février 1983
Sur le dos une croix à la peinture rouge
sur le regard un bandeau et des fourmis
le corps a enflé à Aïn Abi Lotf
quel âge avait Abd al Karim al-Safadi ?
Qui le dira ?
les pierres du camp ? la rumeur du sang ? le rapport de
    l'occupant ?
ou sa petite fille qui court derrière une roue de bicyclette ?
Déposé
fouillé
cet homme était né de toutes les guerres
venu de toutes les mers
sa patrie était dans la poitrine
il l'arpentait le jour et la veillait la nuit.

Samia Hussein
Yusra Akel

15 mars 1983
Elles étaient voisines dans l'abîme du temps
la mort tournait autour de cette mémoire nomade
le bras tendu
le ventre doré d'écailles
la mort
dévorée par la terre et les chiens
marchait du rivage à la colline du thym.
Samia et Yusra étaient du deuil à Tell Zaatar
veuves ardentes et orphelines
elles déposèrent les souvenirs, la nuit et les rêves dans une
    chambre vide ;
elles ne dormaient plus.

Le rapport dit : « Dans la nuit du 15 mars, des hommes déclarant appar-
tenir au Deuxième Bureau ont emmené les deux femmes palestiniennes.
Une semaine après les mêmes hommes sont retournés dans l'immeuble et
ont pris le frère de Samia, Mahmud, ainsi que Muhamad Saba, un parent.
L'armée libanaise déclare ne pas détenir ces personnes. Toute porte à
penser que ce sont les milices chrétiennes qui les ont enlevées. »

Abd al-Qader Hantach

8 avril 1983
Il avait une femme qui aimait rire trois enfants et un âne.
L'aîné était absent
on lui avait bandé les yeux et marqué son épaule d'une croix.
Hassan et Nahla veillaient
la maison le jour et l'arbre chagrin d'enfance.
Ils regardaient le ciel hôte inconvenant du malheur.
Abd al-Qader Hantach vendait du sable.
Ils le tuèrent par balles sur le littoral
et épargnèrent l'âne.
Il avait cinquante-huit ans et une immense saison apatride.

10 avril 1983

Empreinte sur le mur
la main trempée dans l'encre noire
est illisible.
La ligne de la vie ne croise plus le chemin de l'amour.
La ligne de la chance a rencontré les sentiers de la mort.
Les syllabes du malheur sont ouvertes
le soleil les a posées sur les visages du sommeil
à Borj El Barajneh.

Ali Saleh Saleh

29 avril 1983
Ils ont ramené son corps dans une peau de mouton
sa tête et ses pieds nus dépassaient
blancs de poussière.
Lentement ses membres se sont couchés dans le jour
le sol s'est ouvert et l'a enlacé dans une infinie étreinte.
Il avait dix-sept ans
Ali Saleh Saleh
son premier amour à Saïda
la mort nouée aux hanches de l'arbre.

Khodr Saïd Mohammed

27 avril 1983
Ce corps que les mouches déshabillent
a la main tendue vers la mer.
L'index désigne une barque de pêcheurs
sur la rive du silence.
Un soleil se lève pour le nommer :
Khodr Saïd Mohammed.

Ibrahim Khodr Najjar

14 avril 1983
Ibrahim Khodr Najjar
ne vivra plus parmi les ronces du cimetière.
Feuille dépliée dans la poussière
la tête souveraine
emportée par les flots du fleuve
son corps de petit commerçant
ne sera jamais cette mémoire périmée
au jour faste de l'oubli.

Fatima Abou Mayyala

Ils sont entré par le toit
ils ont fermé portes et fenêtres
ils ont enfoncé une poignée de sable dans la bouche et les narines
    de Fatima.
Leurs mains déchirèrent son ventre
le sang était retenu
ils urinèrent sur son visage.
Fatima prit la main de la statue
et marcha légère parmi les arbres et les enfants endormis.
Elle atteignit la mer
le corps dressé au-dessus de la mort.

Ibn Hassan Mokaddam

19 juillet 1983
Il disait à son père :
nous sommes nés dans l'écorce de la douleur
une cicatrice sur le front
nous sommes nés sur un rocher à l'insu du jour
nous sommes nés avec des yeux plus grands que le visage
avec une peau plus large que le corps.
On nous a dit que la terre est en nous, dans la cage thoracique
avec un verger et des miroirs
une source d'eau et des sacs de sable.
Il disait :
je suis un cimetière où les morts font lever le soleil
où les enfants inversent le deuil dans l'exil du poème.
Ibn Hassan Mokaddam habitait à Ras En-Nabaa.
Il avait vingt ans.
Les balles ont traversé son corps, ses champs, ses prairies et ses
    poèmes.

Une main crispée sur le vide
a abandonné son corps pour être statue sous les décombres.
Elle ne tient rien
mais froisse le jour et son visage
éternelle sur un amas de terre blanche.
Elle regarde la mer et se souvient :
elle a caressé une épaule nue un soir dans un café de la montagne ;
elle a tremblé puis s'est retirée pour se poser sur l'autre main.
A présent, le vent la recouvre d'une poussière venue de loin,
    peut-être du Yémen ;
il dépose entre ses doigts un peu de sel
et quelques feuilles d'un arbre blessé.

Que ne donnerait-il ce visage déjà enfoui dans la terre pour qu'un
souvenir tremble dans un miroir lointain
pour qu'une main familière lui lave la poitrine, là où le sang s'est
caillé sur le sable.
Que ne donnerait-il pour que le regard se penche jusqu'à entendre
des mots simples murmurés par la femme aimée au moment où les
enfants font semblant de dormir.
Lentement son corps s'est vidé
sang mêlé au flux de la mémoire
là sur ce sable blanc.
Le souvenir est une patrie
un pays avec le jour, la lumière du jour, le drapeau et le cimetière.
Que ne donnerait-il pour nous dire l'ennemi enfin pas seulement
son visage, ses mains et son arme
mais aussi sa langue, son dialecte et l'accent de la mort
frère ou cousin.
De l'autre côté est sa maison.
Ainsi est notre histoire
plus étrange que l'aube dans le désert
aussi cruelle que le crime
commis par la lumière dans un miroir.

Il marchait en sautillant comme un moineau
sur la pointe des pieds comme un danseur maladroit
il ne voulait pas faire mal à la terre qui se dérobait.
La mer le narguait
comme la nuit le livrant à la cendre
poussière d'une demeure qui fut.
Il savait le chemin et la patience
le paradoxe et la mort
l'odeur étrange des souvenirs usés
le goût inutile de l'errance.
Il se laissait porter par le vent
statue de l'oubli
présage aveugle d'une lumière déchirant la nuit.
Dans ses poches il y avait un peu de terre et beaucoup de clés.
Il parlait de maisons qu'il érigeait dans le sommeil et disait à celui
qui passait par le port :
« J'ignore si au moment de ma mort il se trouvera deux mètres car-
rés de terre où je serai toléré. »

Nawâl Abû Surayya

24 novembre 1988
Offertes
les lèvres humides du deuil
d'une terre un peu grasse
éparpillant le temps dans le sommeil des roches
érigeant ville sur ville
faisant de la parole des ancêtres
une rue transversale
dans le sable irrigué par du sang.
Une balle a suffi
pierres et failles à Gaza
à la sortie du camp d'Al Shâtî.
Elle avait quarante ans
et allait chercher de l'eau.

Iyâd Râdi Janajarâ

20 décembre 1988
A Naplouse
après les blessures
la mort s'est glissée dans la douceur des mots
et le ciel a dépêché une prière
calme et sereine.
Elle s'est posée, précise, sur un corps fondu dans l'argile.
Il avait vingt et un ans
et venait de Tallûzâ.

Oum Saad

C'est l'histoire d'Oum Saad, mère et épouse d'une terre plus proche du cœur que du visage. Une terre, c'est-à-dire quelques oliviers, des pierres, un peu de cendre, des voisins, une rue latérale, un nom de rue, un numéro peint à la main au-dessus de la porte. Une terre, une adresse sans nom de martyr, une terrasse, une lune pleine pour l'éclairer, une naissance, un cri de joie, une dispute familiale, un rire et quelques larmes de bonheur.

Oum Saad croyait à l'éternité des choses et ne connaissait rien de la paix. Le feu et les armes ; la haine et la fureur.

Elle perdit son mari, sa maison et le rire.

Elle entassa sur un chariot ses enfants, un matelas, des casseroles, une valise, un panier d'olives, de l'huile et du pain ; elle suivit les autres le long de la route. Elle portait sans ses bras le plus jeune de ses fils. Elle ne pleurait pas ; elle lui parlait.

La nuit, longue et nue, le visage tiré par l'orage, creusé par le silence ; la nuit, tantôt un rocher, tantôt un rideau ne cessait de tomber sur cette femme qui avait vieilli en un jour et qui marchait sans se retourner. Ses pas effaçaient le chemin.

Derrière, il n'y avait plus de pays mais un ciel chargé de corps étourdis.

Oum Saad a marché longtemps. De sa bouche tombèrent des mots et des oiseaux, un arbre secret et un village de hautes pierres. Ce n'était pas un cimetière mais un verger où des enfants tendaient des embuscades aux statues.

La nuit a fermé sa robe sur le deuil : le jour voyageait avec l'impatience de l'adolescence ; il s'est arrêté aux pieds d'Oum Saad dans le port de Tripoli en ce mardi de décembre, le vingt de ce mois, en mille neuf cent quatre-vingt-trois.

Assise dans un coin sur un baluchon, le visage face au mur, le dos à la mer, un fils est mort, un autre vient de s'embarquer dans un bateau tout blanc, l'*Odyssée Elitis*, elle agite la main comme pour saluer la pierre.

Le port est dépeuplé. Ni marins ni soldats. Juste la nuit, toute la nuit et Oum Saad, immobile, la tête contre le pan de mur, la tête traversée par le vol de petites hirondelles, Oum Saad, en avance sur les souvenirs, est là, jour éternel, silence ramassé pour une nouvelle saison où aucune rivière ne saurait ramener le verger et les hommes à la terre rongée par le trachome du souvenir.

Les jours éteints sont faits de silence :
l'ombre muette d'un regard déterrant la pierre se pose ;
elle s'étale et retient la main lourde de l'hiver.
Sur cette table : une saison, une forêt et le village qui descend vers
la rivière.

Le corps est suspendu
car le mur blanc est un ciel peint
l'ombre est dans une vieille gabardine.
L'homme repose à la limite de l'abîme
les mots le bousculent et défont le miroir :
c'est le temps des solitudes qui tombe.

Une plante odorante et sauvage pousse là-bas
entre la stèle et le souvenir
dire le jour du funambule aux pieds légers
dire l'amour aux bras immenses que tend l'arbre au ciel
dire la neige qui ferme les paupières de ce corps oublié
face à la lumière nue
immobile.

Est-ce l'arbre ou l'infamie des longues insomnies qui se penche pour épeler les déchirures du temps ?
Une parole chute lentement dans une tombe où s'accumulent les matins de crépuscule.
Ce corps éternel
est une rive qui avance : la mer est là, à ses pieds.

Quand un homme se souvient
les yeux se ferment pour suivre le sable des mots.
Sur le front
des siècles sont dispersés par la lumière pressée de laver le ciel et de
retourner dans une cascade d'eau.

Ni le citronnier, ni l'absinthe, ni la nuit, mais l'absence :
une robe mouillée posée sur un banc de pierres blanches ;
c'est la mémoire des mains séparées de la terre et du visage :
et la terre est un visage
et l'arbre est une voix
et le manteau un ciel lavé de ses nues.

Une statue faite de mots a mis du bleu sur un carré de ciel vêtu de blanc.
Les hommes ne parlent plus.
Ils regardent le soleil s'éloigner.
Le jour, comme l'enfant, repose sur leurs épaules.
Le silence puis le rire.
Leur patrie n'a pas de rides
elle a un front immense où courent les gamins pieds nus.
La lune déploie ses rêves transparents.
Aujourd'hui aucune balle n'a atteint ces corps dansants.

Quelle trace d'absence dans les gestes de ces mains qui ont remué
les pierres à l'entrée du cimetière !
Elles ont dispersé des syllabes et des ruisseaux, des chants et des
chiffres, des nuages et des regards.
Obstinée,
la lueur descend l'escalier du temps.
Et à chaque corps, elle donne le pain et le nom.

N.B. : *La* Revue d'études palestiniennes *publie depuis dix ans une chronologie de
résistance et de répression dans les territoires occupés. C'est dans ce catalogue du malheur
quotidien que ces quelques visages ont été nommés.*

XI

Clair-obscur

Quand la lumière jaillit du cimetière où nos ancêtres s'entêtent à
    mourir
traçant dans son sillage les ruelles de notre enfance
quand elle se lève comme un matin embrasé du ciel turbulent,
ne soyez pas impatients.
Si quelque chose d'obscur vous retient,
captifs de votre ignorance,
sachez que la main explore les ténèbres
et qu'elle peut tout dire.

La nuit en nous depuis notre naissance
éclaire le songe où des papillons perdent leurs couleurs.
Sur nos draps les ailes froissées du jour
butent contre l'arbre à résine.
Dans le silence des matins errants,
lavés du soupçon et d'ombre,
nous nous levons dans l'immensité du secret,
notre patrimoine, notre passion,
pour dire l'incompréhension du monde.

Et l'ombre passe d'une figure précise
à l'étendue de l'abîme
là où le pays a enfoui ses racines
Maroc du songe :
nul besoin d'encens et d'émotions feintes sur le front.
Seules ses grandes mains plongent dans la terre assoiffée
et ramassent des débris d'étoiles
pendant que des hommes sans terre
lèvent les bras en l'honneur de la pluie.

L'eau n'aime ce pays que de temps en temps.
Elle est attentive à l'éclat de la lune et attend dans le cœur du
    vent.
Des prières montent au ciel abrégées par le soleil.
Et l'envie est si grande de dormir sous l'arbre,
le cheval laissé dans la prairie,
rêver le monde jusqu'où ?
Lacérer les longues journées où tout est sécheresse,
peindre l'attente derrière notre misère,
et faire signe aux hommes errants de rentrer à la maison.

Dans les nuits d'exil
le vent du pays aimé souffle fort
il fait tomber les arbres de nostalgie
et met les sables du Sud sur tes yeux fermés.

Le chêne qui se penche
n'est qu'un cheval peint
il quitte la toile pour aller dans le salon.
C'est à présent l'arbre qui mange dans tes mains.
Et tu ris, le pied dans le seau où reposent les pinceaux.

Le grand livre est ouvert
une fleur séchée marque la page
les mots se plaignent de leur nudité
un soleil insolite les a déshabillés
l'eau d'une pluie d'été
les a effacés.
Le grand livre a ouvert ses portes à la mer et aux légendes de
    Tétouan
colombe blanche avec un œil de verre.

Le peintre s'est arrêté au pied du Mont Dersa
Il a déposé son travail sur la stèle des ancêtres andalous
chercheur d'eau et de lumière
l'artiste est à l'origine de la source
et de la colère.
Que de failles dans la pierre et le cœur
sont depuis visibles.

Un oiseau est dans cette toile,
il est la toile et ses mouvements
il est le secret et la mémoire de la main.
Nu, il a déposé son plumage
et attend de porter les couleurs du peintre.
L'œuvre n'est pas terminée :
telle est sa demeure,
inachevée
ouverte sur la nuit.

La passion des origines
est un arbre
il te suit dans tes voyages
dans tes errances
quand tu es fatigué
tu t'appuies à son tronc
quand tu veux dormir
tu le secoues
et des rêves mûrs tombent dans ton
sommeil comme les fruits de l'enfance.

La flamme, désaveu de la clémence,
montre le chemin de l'effort.
Que la main se souvienne du soir
ou qu'elle passe à l'aube
entre l'arbre et l'écorce.
C'est le cri humide de la naissance
qu'on entend.
La toile descend les couleurs
comme un visage abîmé
convoque son passé.

Si les miroirs suffisaient
tous les visages y habiteraient.
Ils garderaient leur innocence
et n'auraient plus besoin de temps.
Le passé serait aimant et paisible
assis dans un fauteuil abandonné
entouré de lambeaux de vies
et de pans de rêves avec une vieille
ficelle tout autour.
Une clochette enfouie dans le
mûrier sonnerait l'appel du présent.

Vent d'est sur Tanger et Martil
lève une armée de moineaux et de
phalènes
il les pousse vers le soleil
les paysannes du Fahss
s'envolent, les haïks blancs
gonflés comme les voiles des barques
Elles glissent sur l'écume
et chantent l'amour des saints.
Vent d'ouest sur Tanger et Martil
fait tomber les passions.
Les hommes parlent dans les cafés.
De petits crapauds tombent de leur bouche.
Les enfants les ramassent pour les griller sur le charbon.
Quand ils rient
ce sont des oiseaux qui gazouillent
dans leur voix.
Les gens du Nord se baissent
quand le vent passe.

Pour laver la moisissure des promesses non tenues
la main glisse sur le mur
trace dans l'humidité verdâtre
le chemin de l'oubli.

Quand le miroir, las de réfléchir,
ne nous renverra aucune image,
quand le temps, privé de nos impatiences,
cessera son cours,
quand la couleur, infidèle au sens,
se mêlera à la grisaille de nos matins
il ne restera plus que la mouette
pour aller se poser sur la cime d'écume.

C'est un âne qui joue aux dés
sur la place Jamaa El Fna
il fume
un combiné de téléphone accroché à l'oreille
son maître fait le singe
pour le faire rire
l'âne est absorbé dans sa partie de jeu
il se prend au sérieux, il est ailleurs.
A côté le charmeur de serpent pleure.
Ses vipères n'aiment plus la danse du ventre.

Des oiseaux empaillés tombent de l'arbre
se brisent l'aile
puis se mettent à chanter.
Comme dit le poète
l'arbre est un buisson de questions
et s'ils renaissent
ils peuvent bien chanter
et répondre à toutes les questions.

Dans une rue de Fès toute sombre
un gamin sur un roseau se dit cavalier de l'Atlas
il dessine sur les murs des arbres
où les fruits sont des seins
certains sont des citrons
d'autres des figues sèches.
Il court et appelle la pluie
de peur de perdre sa moisson.

Ce qu'on ne peut pas dire
est là, dans cet éclat de voix entre le noir
et le rouge, dans ce grain de peau durcie par
le soleil.
Ce qui se murmure
est dans les tourments des couleurs
malgré les fissures, l'ombre, et les silences.
Le matin
tout repose et attend.
Le soir, comme une veine qui bat,
tout se meut et avance vers la lumière.

Dans l'obscur
il y a une faille
dans la fumée
du bleu
dans l'éclair
le désir
une forêt
un cerf-volant
et une femme légère qui danse
dans une chambre d'amour suspendue
entre deux chênes.

Femme de pierre fragile
l'infini est dans ce miroir
une plante ceint votre front
la main dans un tiroir
empoigne le secret d'une beauté qui brise l'amour.
Un cri
et la mer couverte d'étoiles s'éloigne
femme de soie
assise au seuil de la grande mosquée
à quoi rêves-tu
pendant que des enfants vendent de vieux manteaux?
aux cendres des corps oubliés?
à la chevelure épaisse d'une forêt qui s'en va?
Femme debout
sur le navire agonisant de nos illusions
de poètes blessés.

Sous le chemisier la femme a les seins libres
ce sont deux fruits mûrs
des oranges amères
ce sont deux lanternes
qui rendent les nuits douces
les seins libres
grandissent dans la bouche des adolescents
quand des mains les retiennent
c'est de peur qu'ils ne tombent dans la mer.

Que le ciel de Martil soit d'automne
les enfants y mettent du bleu
les amants y cueillent un nuage
pour se cacher
quand l'été peint tous les cieux
les artistes manquent de couleurs
ils descendent au marché
et vendent du poisson.

Quand le ciel se baissera pour ramasser le sable
quand les chameaux feront des discours au seuil du paradis
les femmes sans épines
pousseront dans des rosiers
les hommes iront nus à la conquête de la pluie.

La terre lentement s'ouvrira
en même temps que le ciel
une flamme passera sans douleur
dans le corps de jeunes filles
les morts lèveront la tête
pour voir le monde et ses cendres
la houle mettra un peu de sable et de feuillage sur les yeux vides
c'est une comète qui s'est égarée
et un cheval qui pleure
au chevet de Friedrich Nietzsche.

Ce matin la mer de Martil a bu tous les nuages
elle a mordu le bois et la route
elle est entrée à l'école
les enfants se sont assis sur leurs planches d'écriture
et ont ramé avec leurs bras
sur le lac de lumière
jusqu'au dernier nuage
d'où pendaient des échelles.
Ils sont montés comme dans un navire
où le capitaine était une femme
aux cheveux d'argent
aux seins immenses
où les enfants ont trouvé sommeil.

Les miroirs sont descendus dans la rue
la médina de Fès a de l'asthme
salé près du ventre
Tétouan étend les bras jusqu'à la mer
Tanger tousse ; des trafiquants tombent
les miroirs passent
les enfants leur jettent des pierres
un chameau se lève un moineau entre les lèvres
une mariée sur le dos exhibant un séroual taché de sang
le chameau dit au miroir :
« ce n'est pas du sang, c'est du rouge. »

La nuit descend lentement,
paupière pour le sommeil de Martil.
Les enfants lui résistent
jouent dans l'obscur.
Le blanc qui coupe la nuit
c'est le rêve d'une mère
assise sur un banc de pierre
face à la mer peinte en vert.
L'aube qui arrive
ressemble à son fils parti un jour.
C'est un cheval à la crinière bleue
qui court dans un champ de mines.

Lorsque les couleurs passent
l'artiste prend le large
se couche dans une prairie de mots
fait des bottes de mauve,
des bouquets de pensées et de coquelicots,
s'accroche au premier rayon de soleil
et monte à la cime de l'arbre.
Il fait un discours
pour que les couleurs reviennent
seules les vipères dansent
juste pour lui faire plaisir.

Ce matin la mer est inquiète
elle a changé de couleur
et a perdu sa chevelure.
Des pêcheurs se lamentent
les mouettes leur mangent les yeux
et l'algue est amère.
Quelqu'un a peint le sable en noir
les dromadaires pour touristes
quittent la plage
une lente brume se lève
un cheval à la crinière rouge se cabre
du ciel descend un arbre
où vivent des enfants aux pieds nus.
Ce soir la mer est calme
la lune a bu les vagues.

C'est qu'elle est ivre de soleil
la lumière qui blesse les yeux.
Elle viendrait du Sud
comme les filles bleues aux seins durs.
Elles rient et dansent
en saupoudrant de sel nos cicatrices :
cristaux marins
poussière des astres
sable de nos songes brûlés.
L'oiseau des sentences étale ses ailes
et nous donne un peu d'ombre.

De nos souvenirs classés, perlés de désirs,
nous avons fait l'unique asile.
Sève amère de l'arbre malade
transporté dans nos valises,
l'exil aux mains nues et froides
nous enveloppe sous le ciel blanc de l'insomnie.
Le pays tire la peau de notre visage
et la sillonne de chemins ingrats.
Notre pays est sur le front :
chaque ride est un fleuve
qui irrigue notre mémoire.

Le soleil a mangé la moitié des mots du livre ouvert
il a vidé les poches des voiliers paresseux
et raflé les images oubliées sur les murs.
Le peintre a arraché les affiches lézardées par le temps
deuil d'une époque où elles vantaient les gaines pour femmes
    obèses
et brillantine pour cheveux noirs.
Sur la passerelle de l'absence
un âne se souvient :
la terre s'ouvre et l'avale.

A l'aube la douleur se fatigue
et le corps s'abandonne à la terre humide.
Dans la blessure le jour, lentement, s'est levé
quant à la nuit elle a pris le large sur une barque de fortune.
Peut-être que la journée va s'arrêter sur une colline
et les hommes se baisseront pour ramasser
les fruits des générations sacrifiées.

Le ciel de satin s'est froissé
comme un drap d'insomnie
la nuit déplacée
laisse échapper le rêve des femmes sans amour
une statue chauve
se balance entre les arbres
l'artiste cherche du rouge
pour sauver la situation.

Dans cette maison ouverte sur le ciel
on a versé du lait dans les coins
et éparpillé du sel dans les patios.
Le chat dort sur le piano
le lion aux yeux tendres
mange l'agneau du sacrifice
le serpent à sonnette danse dans la cour
des fourmis vont à un enterrement
un singe peint en bleu s'ennuie
le citronnier manque d'eau
les meubles se déplacent et forcent la porte
un fleuriste s'évanouit
une femme aux seins nus tire à l'arc
pendant qu'une esclave noire
égorge des coqs sur la terrasse.
Le sang coule sur les murs.
L'enfant dit : enfin une maison où il se passe des choses !

Quand le corps nubile d'une fille se retourne
il pense à un livre ouvert à lire avec les lèvres
il pose la joue sur son flanc
et entend le monde respirer.

Sur le bois usé d'une porte de Fès
des arabesques se sont détachées
la lumière ne se posait plus sur leur corps
l'air ne caressait plus leurs courbes
et les mains ont avalé leurs couleurs.
Le soleil en nous continuait à s'éloigner.
Et sur la vieille ville
une brume lointaine a déposé un manteau plein de trous.
La vie des femmes pauvres chante malgré tout sur les terrasses
d'une cité que des hommes ont abandonnée.
Seules les pierres sont lasses comme une larme lourde retenue.

Elle est belle la prairie que la statue promène dans son regard
elle la porte dans ses bras, sur la tête, au fond des yeux.
En marchant elle répand des fleurs sauvages et des essaims
    d'abeilles
le soir elle s'assied au pied de la vieille montagne
convoque la nuit et les étoiles
et s'endort sur un lit de fougères.
Souverain le songe de pierre qui s'effrite à l'aube
c'est l'oubli qui creuse la roche.
Le bruit des mots qui tombent sur l'herbe s'entend à peine
la statue sème et attend la pluie.
Elle n'a plus de rêves à accrocher aux arbres
mais porte des milliers de syllabes aux lèvres.
Son cœur est un livre aux pages infinies
d'écriture et de talismans.
Elle est belle la terre qui tourne dans son ventre.
Il est inquiet le monde qu'elle porte d'une planète à l'autre.
C'est la statue d'hiver
berger de nos blanches insomnies.

Ici s'achève la déroute des mots
la balance les a pesés
l'air les a nettoyés
la main les a rangés
le livre les a recueillis
dans une famille hirsute
où les langues se déliant se disputent
où les poètes ivres sont ravis.
De leur plume ils arrachent le voile
qui du ciel descend
comme un masque sur la vérité.

L'épouvante (installée) dans les yeux de l'enfant
nous rend méchants avec nous-mêmes
son regard arrêté face à un mur de métal
ne dit même pas la douleur.
Un lac mort où nagent des nénuphars brûlés
une âme abîmée
glissant sur les pierres
une voix enterrée dans une colline de sel.
Et nous, cruels par lâcheté,
regrettons que la vie soit passée par là.

XII

Les pierres du temps

Les pierres du temps

Pour oublier les vents
venus saupoudrer ma misère
et me prendre les enfants qui déterrent les cœurs chauds
j'ai dû
me rouler dans un voile d'été
linceul rouge ou blanc
pour ne plus abriter
des chameaux aveugles
nés d'un naufrage étrange
abandonnés dans une mare de goudron
pour me rappeler
ma naissance
détériorée

des enfants amants de la terre
marchent le pied nu sur l'argile humide
le dessin tracé
sur aile d'oiseau migrateur

Quand Nachoube le vieux pêcheur est mort, emporté par l'écume
grise, on lui fit des funérailles grandioses.
Les chats avaient pleuré.
La mer se retira du chant et la lune veilla longtemps sa tombe.

Bouderbala. Prophète de la sagesse et de la vérité.
Il possédait la clé de la ville.

Maître des mers et des pêcheurs.
Le beau cimetière du monde.
Captif du soleil et du murmure des vagues.

Fès, quartiers d'enfance

Bouajara

Une rue étroite, non asphaltée, descend, tourne à droite en remontant. Une rue longue qui commence dans un jardin abandonné, à moitié détruit, et débouche sur le marché Rsif, là où un pont relie les deux rives de la médina traversée en sa poitrine par l'oued Boukhrareb, oued qui charrie les égouts.

Enfant, enfourchant un roseau ou une canne, je la dévalais à toute vitesse en me prenant pour un coureur motocycliste appelé d'urgence du fond de la médina pour secourir une enfant malade ou un âne battu.

Les pierres plantées par terre m'écorchaient souvent les orteils. Le soir j'enveloppais mes pieds dans des chiffons et je dormais profondément.

Bab Ftouh

Face à cette porte principale de la ville, une route goudronnée mène vers Taza, Ahermoumou, vers Sidi Harazem, Oujda. C'est la route de l'Oriental, route de « l'Unité ». A cette immédiate périphérie se situe l'un des cimetières les plus anciens de la ville : Bab El Hamra. Les morts regardent la ville et la protègent. Des oliviers secs, installés dans une éternité inaltérable, leur donnent l'ombre et le temps. Des pierres tombales ne retiennent de la miséricorde de Dieu gravée jadis que le nom d'Allah. La pluie et le soleil, les chats et les mains ont effacé les noms des morts.

A Bab El Hamra les vivants parlent aux morts, les entretiennent de l'époque et de ses sécheresses. La lumière descend sur cette colline et réveille la mémoire des miroirs. Les souvenirs sont entassés dans une pile de pelures fines et transparentes.

Harrouda, Moha, Yamna, Sindbad sont tous sortis de ces miroirs plantés dans ce cimetière. Ils y sont nés et y retournent dormir au moment où on ferme le livre et on le pose sur une table ou dans une malle.

Une étendue de sable fin. Une femme enveloppée dans un haïk blanc marche sans s'arrêter ni se retourner. Elle avance vers un point blanc sur l'horizon bleu. Elle marche depuis des années. Elle ne rencontre personne et pourtant elle salue respectueusement des êtres qui font le chemin inverse. Ce sont les anges de la vingt-septième nuit du ramadan, Nuit du Destin, meilleure que mille mois. Au bout du territoire de ses pensées, un secret. Il ne sera dévoilé ni par le conteur ni par les Saints.

Une place publique autour d'une gare routière. A Marrakech. A Fès. Dans une ville de mots répétés, dits par une voix enrouée. Dans un corps plein de phrases, de proverbes et de bruit. Là naît une histoire. Ce corps est une fontaine. L'eau est une image. La source se déplace. Une foule d'enfants et de femmes fait la queue devant le puits. L'eau est rare. Les histoires s'accumulent au fond du puits.

Sur cette place publique les histoires naissent, vivent, se transforment, puis meurent ou plus exactement font semblant de mourir. On les retrouve ailleurs, changées, embellies ou trahies.

Ces images arrivent dans le désordre. Elles me parviennent de loin, me parlent la langue de la mère, l'arabe dialectal truffé de symboles. Cette langue qui se parle mais ne s'écrit pas est l'étoffe chaude de ma mémoire. Elle me couvre et me nourrit.

Supporte-t-elle le voyage, les déplacements, l'extrême mobilité dans les habits neufs d'une vieille langue étrangère ? Par pudeur, elle garde ses secrets, ne se livre que rarement. Ce n'est pas elle qui voyage. C'est moi qui en transporte quelques bribes.

Quelqu'un a dit un jour : « Les écrivains maghrébins d'expression française sont condamnés à n'écrire que des autobiographies. » Ils se seraient ainsi installés dans un double exil : loin de la terre natale et loin de la langue de la mère. Ils écriraient de mémoire, par ouï-dire en quelque sorte. Leur regard se poserait sur une réalité évanouie depuis longtemps. Ils essaieraient de ranimer les cendres du pays et de l'enfance. Les mots se poseraient sur les visages et les montagnes comme un voile pour suggérer le temps sans déranger l'ordre des hommes et des choses. L'autobiographie est un chemin obligé. C'est notre maison avec des fenêtres et une grande terrasse. Quand on en sort on est affranchi. On enjambe les murs et on cultive l'oubli. On s'en éloigne en racontant des histoires.
On devient écrivain lorsque la maison, avec ses murs fissurés, sa lumière tombant directement du ciel et ses portes lourdes, nous pousse vers les territoires du présent, terres étrangères, patrie des mots et des images. Alors la mémoire s'éteint lentement sans mourir.

Entre les lieux d'enfance et espaces du présent, des flux de lumière accumulent des images qui se confondent, s'échangent puis s'éva-nouissent. L'écriture s'élabore en tant que passage d'une époque à une autre. L'écrivain, solitaire, écrit pour ne plus avoir de visage. Il tombe dans ses phrases pour que le corps retourne à la terre, lais-sant sur une table un livre ou deux. De ce qu'il a écrit, il n'est plus la mémoire, mais juste un passage pour les mots du secret.

On retombe en mémoire comme on retombe en enfance, avec défaite et dégâts. Ne serait-ce que pour éviter cette chute, l'écrivain fait en sorte d'être dans un plan de « la mémoire future », celle où il soulève et déplace les pierres du temps. Le livre est alors un malentendu (vivant, espère-t-il), une somme de questions où la désinvolture est un doute, où les histoires se bousculent pour lentement effacer le visage de l'auteur.

Méditerranéennes

Dans leurs yeux les jardins se bousculent et le vent fait des vagues
  avec leur rire.
Dans leur chevelure les roses de la petite folie retiennent les rêves de
départ : partir dans l'étendue des mots avec des pensées excessives,
partir à cheval comme dans la fable.
Elles ne sortent pas de la mer et n'aiment pas les sirènes
La mer, elles la regardent, assises sur un banc de pierre, drapées
  dans le deuil de l'être disparu.
Leur visage est une terre qui a assez bu.
Leur peau a accueilli le temps plus d'une fois.
Les rides sont belles. « C'est le travail du temps et du rire »,
  disent-elles.
Ces femmes qui croient aux songes lèvent la main ouverte pour
  arrêter le mauvais œil.
Elles portent le siècle dans le regard et blanchissent les souvenirs
  impudiques.

Femmes d'hier, femmes de toujours, elles savent vieillir et remplir
le soir de pensées chaudes. Elles reprisent les chaussettes de laine et
attendent le retour de l'homme. Elles regardent l'horizon et croient
voir une silhouette avancer vers elles. Elles ont peur que les mauvais rêves descendent du lit et atteignent les hommes.

Femmes d'aujourd'hui, elles gardent leur robe quand elles entrent
dans l'eau. Les garçons les guettent. Ils aiment les voir surgir de
l'eau, le chemisier collant à la peau, les seins lourds de désir.

Femmes d'aujourd'hui, femmes de toujours,
elles ont appris à marcher juste pour faire un peu mal aux
   hommes.
Elles donnent des couleurs au soir, font que la nuit ressemble à la
   vague brisée des amours dans le tumulte et les larmes.

Corps pleins, donnant le sein à l'enfant tardif,
corps brûlants dans le regard qui chavire,
femmes des passions et des orages,
vous êtes nos mères nos épouses et nos amantes.

Prises au bord du rire
vous descendez l'échelle du temps et nous donnez la jeunesse.
Gardiens du désir,
nous veillons votre sommeil
jusqu'au jour qui monte en perdant les écailles du songe.

Le toucher du regard

Les corps
miroirs dansants de nos rêves
ne se parleraient pas
s'il n'y avait le flagrant délit du regard
un regard qui touche la peau
et donne un peu de tendresse
l'écume du songe sur tes yeux
Louise
ombre insolente
tes yeux
île de mes rêves
retournés par la vague
froissés par les draps du ciel
Louise
petit soleil à l'écart
dans la banlieue de l'absence
entre tes doigts
l'astre
la légende
alternent et le rire
dans une salle de Tanger
nos solitudes amassées
Lulu
visage fragile
musical d'ailleurs
de la prairie tendre

et d'herbe folle
ta voix
couvre nos rêves petits
nos rêves
se baladent avec une échelle
pour toucher ton ombre
ton regard
tes mains
tranchent la vie
et l'horizon pâle
aimerait danser
entre tes doigts
entre tes lèvres
filent les étoiles
et nous nous retrouvons petits
entre la pierre et le bois
des syllabes fades
dans notre réclusion plurielle
Lulu
un geste
un vertige
pour balayer la mélancolie
du temps.

Paris, 1977

Paris

Sur la colline le thym et l'olivier
un homme regarde la mer
le bleu traverse un visage aimé
disparu avec les pluies d'été
dans le sommeil et la source
un champ
et le rire foudroyé
l'oubli dans une pierre
l'oubli dans un ciel
murmure d'automne
la nuit
est le souvenir d'une forêt claire
la main se retire du rêve
et vient tremper dans l'argile des mots
là sur un quai
dans une rue penchée
un homme est assis
il regarde la Seine
dans la défaite des corps
l'herbe est déjà épaisse
sur l'eau tiède de la mort
c'est une image
pour la douleur souveraine
sur ce visage qui s'absente
un paysage à la splendeur précoce
et des pierres pour la citadelle

quelques mots de sable
un parfum d'ambre
le ciel habité par des hommes amaigris
corps dansant sur la rive du songe
c'est la lumière et la chute
dans ce regard suspendu
à la haute dune

Paris est ce visage rêvé à côté de la nuit
mais cet homme dressé en le poème
s'est levé
il marche sur les quais
telle une statue aux yeux peints
à l'horizon
un miroir se vide de ses images.

Paris, 8 novembre 1979

L'arrivage

Ils sont venus ficelés
de Tiznit d'Inezgane du village bleu
ils sont partis l'œil dans la ténèbre
sur la rive meurtrie
sur la terre du Nord
le corps et ses empreintes

Et tournoie l'arrivage d'hommes nés présumés sur une colline
    fiancés de l'aube et de la rivière
les yeux déjà déposés sur une fiche en carton pâle
vidés
une flaque d'eau, parcelle de lumière, chant ramené à la nuit

Sur l'ardoise autour du cou
les chiffres tombent en poussière blanche
l'instant où le nom est un cri, une ombre, une pierre lourde
    plantée au milieu d'un fleuve
dépouillé jusqu'à l'écorce du temps
à la lumière confuse voilant une blessure
au front penché du jour

La tête repose sur une motte de terre
ligotée par les racines de l'arganier
autant d'arbres aux rêves insensés
soumis au silence de la longue absence

Le manœuvre et la race
c'était cela l'identité de la terre
des hommes en paquets bridés naviguent à l'extrême étendue de
    l'oubli
leurs corps flottent sur le sable mêlé de suie
leurs mains sont de glaise, sans empreinte à déposer sur ce bout
    de miroir
leurs rêves sont des objets trouvés

Et le souvenir les sépare de la forêt et des masques

Est-ce cela l'aveu d'une terre morte ?
le pays sous l'écorce
l'herbe de la bouche arrachée
comme un cri de cette forêt qui décline
la mort dans les semailles de l'automne
au bout d'une rue traversant un navire

Il annonce l'arrivage

Lyazid Ben Brahim taille 1 m 69 cheveux noirs teint bronzé né présumé 1909 n° matricule 1215 race marocaine « Le désespoir c'est l'orage sous lequel mûriront les mondes inouïs de la délivrance » Georges Henein.
Lhassen Ahmed Taleb 1100 Embarqué sur le *Djenné* à Casablanca le 24 janvier 1939 Débarqué à Marseille le 27 janvier 1939 Dirigé sur Montchanin le 6 février 1940 les yeux rongés par les ténèbres.

Septembre 1982

De tous les déserts

« Citadins pieux à l'imagination vive, le désert, qu'ils ne connaissent le plus souvent que par ouï-dire, est un pays aride certes, mais surtout rempli de ténèbres et de toutes sortes d'êtres effrayants, satyres et onagres, bêtes apocalyptiques… » Lorand Gaspar, *Sol absolu*.

Sous les paupières du jour, un territoire blanc à peine froissé : la nuit l'évite. Elle est blottie dans un arbre, pas même une forêt.

Blanc sur blanc, le souvenir est une absence ; il est l'aveugle qui avance les bras tendus, butant sur un miroir, une porte ouverte, déplacée, une source tarie mais qui a gardé dans les cailloux la rumeur de l'eau.

Le désert c'est d'abord une image, une demeure intérieure. On y descend en empruntant l'escalier du souvenir et la rampe de la maladie.
Le désert c'est ensuite un secret entouré d'un secret plus grand enfoui dans l'espace introuvable qu'aucun arpenteur ne saura tracer.

Secret du secret dans le silence du rêve dans le rêve
et les pas du cavalier sur les draps recouvrant un corps calciné par l'oubli, donné aux mots et aux fourmis des sables.

Le désert est un livre jamais écrit ; il fut peut-être murmuré par des doigts tremblants sur des palmes à la lisière de la mort.
Un livre ou une migration ?
Un exil ou une infinie insomnie ?

Le désert est une trappe pour le poète enfermé dans des phrases longues et inachevées. Il écrit le désert en remplissant le ciel de petites étoiles en papier. Il s'égare et tombe dans un puits sec.

Le désert n'existe pas.
C'est un chant d'utopie ou (à la rigueur) une nostalgie désuète.

Tant de corps s'entassent dans des fosses communes à Beyrouth emportant dans leurs mains une parcelle de sable. Le sable est dans la bouche, dans les narines, dans les yeux qui ne sont plus sur le visage. Le sable mange le corps, couvre le dos, prend le vent et avance vers d'autres corps. Le sable c'est un peu de cendre dans un œil ouvert : est-ce un rêve qui descend la falaise, un rêve qui tombe comme un oiseau blessé, comme le soir et ses voiles.

Marcher.
Faire don de son ombre.
Attendre la nuit de l'erreur, le temps qui sort du miroir et le miroir qui jaillit en éclat de lumière du visage, croire que la ville est der-rière le corps, que le bruit est celui de la terre qui respire, non, elle soupire et lentement s'ouvre les veines.

Alors, puisque le désert est une image, on ne cesse de la rêver, de l'écrire, de la tracer sur le sable et de l'effacer d'un geste de la main. L'âme doit se reposer.

Les contours quittent le désert et s'installent sur la grande place de la ville. Ils laissent le territoire blanc à l'écrivain arpenteur. Exode d'une peau exercée par des siècles. Elle est brune. Elle est bleue. Elle est nue et c'est un cimetière.

Le conteur s'assoit sur l'asphalte et imite le silence des sables.

L'écrivain s'entoure de livres d'histoire, lit des phrases, aligne des syllabes et se couvre les yeux de tous les déserts.

Paris, juin 1983

Enfance éphémère

Ils ont des yeux immenses mangés par le trachome et l'oubli
Nés hors de toute saison, ils courent dans les ruelles comme une
    trace de lumière
qui donnera une ombre à ces corps qui se posent sur des terres
    brûlées?
Ils voyagent sur une barque en papier
de palmes et de feuillages habillés.

Il est une tristesse, le soir, qui descend l'échelle du temps et
    couvre leur front comme la sueur.
Le savent-ils?
Leurs yeux ne cessent de grandir
ils sont l'empreinte du ciel lavé
ils vont sur des roseaux qu'ils fouettent.

Avec leurs rêves impatients
ils font trembler le malheur.
La beauté est entre leurs dents comme la mort
un immense éclat de rire
une larme sur le visage des mères.

L'enfance et l'innocence sont laissées à la fraternité du monde et
    aux fourmis.
Déposant des étoiles éphémères dans le cimetière
ils parlent aux morts et déplacent les pierres dont ils sont la
    mémoire et l'exil.

24 avril 1986

509

Si le Maroc était un visage, ce serait une lumière, une parole du temps, dérive des saisons, énigmes des pierres.

Mon pays est une enfance qui traverse les murailles et les siècles, gardée par un ciel chargé d'oiseaux de passage, signes du lointain.

La terre, jamais muette, sait attendre et danser sous les pieds des femmes.
Le soleil lentement la dénude pendant que des mains éphémères glissent vers la nuit.

La terre, l'enfance et la lune pleine s'enchantent des turbulences, des fièvres et des fleuves en crue.

Et l'origine quitte l'argile pour s'ancrer dans les sables, et les sables c'est le Sud, source et patrie de cette lumière dessinant le visage de mon pays.

C'est aussi la douleur, les larmes dans le silence, les yeux égarés dans le ciel, l'attente pleine de terre humide.

Il est des saisons où toute clarté est cruelle, flamme descendant les monts et les légendes, brûlant les pieds nus des siècles où l'Histoire sème l'oubli des plaies.

Il est des jours où l'Histoire se blesse à l'insu des corps d'âpre orgueil.

Tel est mon corps : ombre affolée dans un jardin d'illusions.

Avril 1988

1

Et les jours éteints sont faits de silence :
l'ombre muette d'un regard déterrant la pierre, se pose, s'étale,
    retient la main de l'hiver.
Sur cette table… une saison, une forêt et le village.

2

Le corps est suspendu :
car le mur blanc est un ciel peint
l'ombre est captive d'une vieille gabardine,
l'homme repose à la limite d'un reflet ;
les mots le bousculent et défont le miroir :
c'est le temps des solitudes qui tombent.

3

Une image extraite d'une plante odorante qui pousse là-bas entre la
stèle et le souvenir : dire le jour aux pieds légers du funambule, dire
l'amour aux bras immenses qui manque dans l'espace du ciel blanc
ou est-ce la neige qui ferme ses paupières face à la lune nue, immobile…

4

Est-ce l'arbre ou l'infamie des longues insomnies qui se penche
   pour épeler les déchirures du temps?
Une parole chute lentement dans une tombe où s'accumulent les
   matins de crépuscule.
Ce corps est une rive qui avance : la mer est là, à ses pieds...

5

Quand un homme se souvient, les yeux se ferment pour suivre les
   pas et le sable des mots.
Sur le front, des siècles sont dispersés par la lumière pressée de
   laver le ciel et de retourner dans une cascade d'eau.

6

Ni le citronnier ni la nuit, mais l'absence :
une robe mouillée posée sur un banc de pierres blanches : c'est la
mémoire des mains séparées de la terre et du visage : et la terre est
un visage, et l'arbre est une voix, et le manteau un ciel lavé de ses
nues.

7

Une statue faite de mots a mis du bleu sur un carré de ciel vêtu de
blanc. Les hommes ne parlent plus. Ils regardent le soleil s'éloigner.
Le jour, comme l'enfant, repose sur leurs épaules. Le silence, puis le
rire. Leur patrie n'a pas de rides, un front immense où courent les
gamins, pieds nus... la lune déploie ses rêves transparents.

8

Quelle trace d'absence dans les gestes de ces bras qui ont remué les pierres à l'entrée du cimetière, qui ont dispersé des syllabes et des ruisseaux, des chants et des chiffres, des nuages et des regards... Obstinée, la lueur descend l'escalier du temps.

Le poète   le corps   la mort   Jean Sénac

Inquiet et pudique comme la mer est l'énigme, comme le crime
    est un fleuve,
une archive dans un miroir, hautain et blanc comme la nuit
    au-dessus du ciel,
comme le refus et la rupture, le champ immobile foulé par le
    temps inversé,
comme l'amour et le désastre d'une roche abandonnée par le
    torrent.

L'eau viendrait de cette fontaine mais le livre s'est fermé sur les
    sables
et le fleuve n'a point laissé de trace
juste une douleur au flanc
l'absence de ce corps grandi sur le couchant
un corps d'arbre vidé de ses biens avance pour saisir l'horizon ;
parti de la ville il dessine le chemin comme le pèlerin voûté sur la
    pierre

ce corps n'a plus de souvenir
il suffit à l'astre dérouté
dans l'étreinte de cette mort tissant les rues et les mots
elle est descendue d'une hauteur d'ange
et s'est posée sur les lèvres d'enfants endormis comme une
    mouche de cheval
comme une main d'artisan sur le bois
un bras lourd sur l'épaule

le poids du destin et l'ardeur démence
le corps se retourne
nu dans la flamme nue de ce pays que Dieu a nommé dans la
    blessure
un chant sacré par la légende
l'obscurité d'un songe achevé par la lumière de ce feu

cet homme atteint de solitude dans la demeure où le ciel se
    dépouille
comme une figure de jade
en ce pays qui soulève une à une ses pierres
cet homme qui a fait de l'errance son linceul
s'est arrêté au seuil de l'absence

désormais
ce corps porté par le vent sec du Sud habite notre visage
c'est un arbre
grand, très haut, qui se penche sur l'été pour veiller la mer
c'est une colline où grandit le poème
où la terre murmure voyelles et syllabes, ouvrage de la mort :
paroles dans les jarres
bues dans de grandes mains jointes
à l'ombre des saisons.

et l'enfance ne hante plus le nom mais habite le poème, l'épelle
    doucement
et se dévêt à l'approche de la nuit

nuit du Destin, désertée, oubliée du Livre, longue nuit dévastée,
    enveloppée d'un manteau lourd.
Seul le souvenir s'élève à hauteur d'insomnie, plus haut que le
    songe :
le poème a juste le temps de déplacer les bornes de l'oubli.
Ce qu'il mesure c'est notre visage cerné par l'absence :

ouvrage inversé dans l'argile, lavé par les mots du poète qui
    traverse l'aube
la mort enjambée

du Diwân
le pays lentement se retire
qui osera ouvrir la blessure des mots
puisque dire et écrire
sont délit dans l'étreinte du silence.

C'est un village au-dessus du temps
où les hommes et les pierres sont immobiles
où les brebis et les mules attendent.
L'herbe est brûlée par la neige
un berger boiteux cherche un arbre pour se pendre
des nuages brisés par la lumière d'un soleil moqueur
descendent et déplacent les collines
la montagne est proche du ciel
elle ne bougera pas.
« Il faut apprendre à oublier » dit la voix.
Les hommes, les pierres et les bêtes n'ont rien à oublier.
Ici, la saison première du silence veille sur un vieux cheval aux
      yeux de verre
Les jours tombent comme des gouttes de pluie glacée
suspendues entre la branche sèche et la terre.
Les hommes ne savent plus compter
ils rêvent de mourir en faisant leur prière.

1990

Une maison

Pour Yahia et Amina

Dans cette maison
un rêve enveloppé d'une peau d'orange
s'est installé sur un tapis ancien
une page de Chine ou de Perse

Dans cette maison
la lumière d'une nuit blanche
a joué de la musique
des statuettes d'un temps aveugle
se sont mises à danser

Dans cette maison
un poisson d'argent
a mangé la poussière
puis s'est rangé sur une étagère
entre deux manuscrits,
à côté d'un miroir vénitien
Les murs se regardent dans le lent passage des jours
le rêve descend les marches du temps
une voix d'Orient habite le silence
et sort un soir de fête
caresser la mémoire des vestiges émus.

Casablanca, avril 1994

XIII

Le retour de Moha

De là où je me trouve
Aucun souffle ne déplacera les montagnes.
Les arbres les plus hauts se pencheront jusqu'à toucher le sol pour
   accompagner mes paroles
Et les mettre dans la violence du vent.
La morale, mes amis !
La morale est un miroir qui ne renvoie plus rien
Il ne réfléchit que notre vanité.
L'utopie
Celle qui faisait chanter les enfants
Est tombée en désuétude.
Elle est loin derrière le roc de nos désillusions.
Le monde chavire
Le monde bégaie
Et nos paroles tombent dans le silence.
Je peux tout dire
Rien de la vérité ne m'est épargné.
C'est le besoin de parler pour ne pas étouffer
Pour ne pas être piétiné par les morts ni par les vivants
Pour continuer à voir et à transmettre
Pour dominer toute douleur
Et renaître du plus profond de la souffrance.
Il se fera mal quiconque poursuit le fantôme d'un amour inassouvi.
Après les femmes il ne faut point courir.
Surtout quand elles sont l'ombre de votre passé et la mémoire de
   vos faiblesses.

Mon corps trempé dans la volupté du don. Mon âme gravée de vos plaintes libère sa mélancolie et se mêle aux larmes heureuses du ciel. Ô peuple ! ta richesse est en toi, n'abandonne jamais ta terre, ne déserte pas tes champs, même s'ils sont secs, ne descends pas en ville, reste près de ton arbre ; il ne brille pas de lumières artificielles, il est indifférent à tout ce qui scintille, il est simplement là, signe de présence de la vie et du temps. Un arbre, c'est peut-être peu de chose, mais c'est une grâce qui surgit de la terre et retourne à la terre ; c'est un miracle comme un visage, comme un ciel qui se meut sous diverses teintes ; accroche-toi à ses branches, fais de ses racines un lit et de son ombre une couverture l'été. Ne t'éloigne pas si l'hiver il se vide et se désespère, il renaîtra aussi beau, aussi simple qu'au premier instant de la vie. Si la pluie l'oublie ou le néglige, danse autour de son tronc, danse, chante, lance des appels, fais des prières, entre en transe, roule-toi par terre, dis-lui tes songes et ton amour. Cet olivier que tu quittes est une histoire millénaire, un conte de toutes les saisons, une mémoire modeste, une parole des siècles dans ce désert d'humanité. Il t'a nourri et nourrira tes arrière-arrière-petits-enfants comme il a nourri tes ancêtres. Ô mon peuple, quel mauvais génie te détourne de la terre et plante ta route de miroirs ? Quel vent mauvais soulève tes pieds et te pousse hors la raison ? Malheur à celui qui recèle des miroirs vidés de leurs souvenirs ! Malheur à celui qui tend la main dans la maison des autres ! Ô solitude, que n'es-tu une patrie pour les impatients et les déserteurs ! Ô ma sagesse, tu m'emplis de soucis et de colère, tu me verses dans l'impatience que je dénonce, tu me donnes l'ardeur du combat et tu m'abandonnes ! Je n'ai pas de certitudes, je n'ai pas de rêves, juste l'intuition majeure qu'il faut crier. Mon arbre – ma demeure, ma tombe, mon foyer – tremble. C'est le vent ou ma colère qui le secoue. Il est fort, il est grand, il est vieux et toujours vigoureux. Il tend ses branches au passant, non pour le retenir mais pour le saluer dans un adieu d'orgueil. Mon arbre est la maison de volupté qui rajeunit ma vie et qui m'ordonne de grandir, de vivre et de parler. C'est le lieu secret où mon âme se réchauffe, où elle prend des forces, où elle puise ses idées et sa volonté. Dans mon arbre, un feu lent, enfoui sous la cendre, enveloppe mes os de douceur. Je suis l'arbre et ses racines, je suis le vent qui le courbe et l'eau qui l'enchante. Si demain je vais marcher dans le pays, l'arbre ne bougera pas, il restera en place, gardien de ma vie, protecteur de mes paroles, gîte de ma liberté.

Hélas, je n'ai que la parole! Des hommes et de leur mesquinerie, je suis délivré. Je sais, les nouvelles ne sont pas bonnes, mais elles le sont rarement. Je vois le Sahara grouiller de corps affamés et assoiffés, levant les bras vers le ciel. Exilés dans leur propre pays, n'ayant plus que la foi pour survivre, ils gisent sur le sable, immense tapis de prière. J'entends leurs souffles et leurs soupirs.
Est-ce le désert qui avance ou juste la rumeur? Il m'arrive de me trouver à l'étroit dans cette tombe mouvante. Je repense à ma cabane dans l'arbre et aux oiseaux qui me protégeaient des orages. La solitude et l'humidité me pèsent. Je crains que cela ne devienne lassitude, surdité et myopie. J'ai peur de ne plus entendre le monde tel qu'il se fait ou se défait. Mais je doute et j'ai peur de mourir à nouveau, étouffé cette fois-ci par l'indifférence et le bruit qui écraseront ma parole. Sachez-le, mes amis! Les nouvelles ne sont pas bonnes : on continue d'amputer, de flageller, de lapider, de fouetter et d'exécuter. Et tous ces massacres, au nom de l'Islam!

Mes amis, je vous laisse. Les éléphants sont menacés. On en tue chaque année soixante-dix mille! Un jour viendra où un petit prince noir dira à son grand-père : « Dessine-moi un éléphant... » Et le grand-père lui répondra : « Cet animal a détruit notre récolte de mil et de sorgho, et je ne sais plus dessiner un éléphant. »
Mes amis, il me semble que je vais accéder à l'état d'ombre. Ma survie va changer. Je suivrai le soleil et je n'apparaîtrai que par les nuits claires de la pleine lune. Ici, comme vous savez, je me sens à l'étroit. Je vais, je viens, sans que mon corps ne bouge. Les lumières, le souvenir des lumières, dessinent des figures de plus en plus étranges et méconnaissables. Elles s'accumulent les unes sur les autres, comme ces pains ronds et fins qu'on mange les nuits de Ramadan. Je sais et

j'ignore d'où je tiens cette certitude, que parmi ces figures un être rebelle lutte contre la lumière. On me dit que c'est un livre, une page où mes phrases butent et s'effritent en grains de sable. J'aurais besoin de force pour pousser la muraille qui avance lentement. Si je deviens une ombre, je me glisserai entre deux feuilles et je me sauverai. Ici, je ne peux compter que sur la puissance de mon regard. Il est hors d'atteinte. Certes, je continue d'entendre les bruits et les voix. Mais je ne sais plus comment transformer mon regard en cri, en voix. Je crains que vous vous moquiez. Vous aurez raison de rire et de ne plus tendre l'oreille pour entendre les divagations d'un piètre prophète enfoui sous terre, sans patrie si ce n'est celle d'une euphorie dansante, masque d'une incommensurable angoisse, sans mémoire constante si ce n'est celle d'hommes soumis à la torture puis jetés dans un tunnel sous terre et oubliés à jamais. Vous me direz que c'est une histoire ancienne et que les temps ont changé. Mais à quoi sert ma survie, si moi aussi j'entérine l'oubli et cesse de parler ? Ce que je dis aujourd'hui, ce que j'ai dit avant, ce que je dirai et répéterai à l'infini, même si vous n'y croyez pas, même si j'ai l'impression de me répéter comme un vieux fou, comme une personne atteinte de sénilité et de hoquet annonciateur du dernier souffle, tout est vrai. La vérité est un bon compagnon dans cette obscurité tenace. Elle tourne en rond et je la suis comme une bourrique, comme une toupie qui tournoie à l'infini. Je ne dirai pas comme mon maître « Je suis la vérité », non pas par peur de la foudre des têtes lourdes de certitudes, mais par vénération pour cet homme qui s'est exclu du monde dans un bonheur parfait. Ce qui est vrai, ce n'est pas ce qu'on vous dit, mais ce que vos cœurs vous disent en une fraction de seconde. Ce que mes paroles emportent de sable et de vent, ce que mes yeux notent, ce que mon corps comptabilise même s'il est réduit à l'immobilité, même si lui ne compte plus, ce que je dis, je crie, je hurle ou je murmure, ne m'appartient pas en propre. Je ne suis qu'un messager tapi dans les ténèbres et l'humidité. Celui qui verse en moi ces paroles, c'est un autre conteur, resté en vie, tournant sur lui-même au milieu de la grande place. Il se fait discret et passe pour un amuseur public, un brûleur d'encens pour l'exotisme et le folklore de pacotille. Mais de son cœur m'arrive un flot de phrases et de mots que je vous transmets. Vous pouvez aller le voir et l'écouter. Je parlais tout à l'heure de mon corps. Il n'a pas bougé, pas changé, toujours aussi creux. C'est la terre qui l'habille. Je m'en suis vite libéré. Je garde cependant le toucher. Mes mains grattent parfois la terre. Cela arrive quand je cherche mes mots, quand je m'impatiente. Vous qui parlez tout le temps de sexe, sachez que le mien, mon membre, est resté prisonnier dans une dernière salve d'amour, il y a de cela longtemps. Seul me reste le souvenir, et je ne sais pas si je n'invente pas un peu pour me rassurer ou pour rire de mon passé. Ou alors, il doit s'agir d'un autre. C'est ça. Ce n'est pas moi. Ce n'est jamais moi. Ce n'était jamais moi. Un prophète, même de seconde zone, ne va pas s'encombrer de ce genre de problèmes. Non, depuis que j'ai abandonné mon corps sur le bord d'une falaise une nuit sans pitié, une nuit sans étoiles, depuis que des contrebandiers ont marché sur lui, l'ont piétiné puis poussé avec leurs grosses savates dans la falaise, depuis qu'il est tombé plusieurs fois comme une grosse pierre qui dégringole et entraîne avec elle dans sa chute plusieurs petites pierres, depuis qu'il a plongé dans cette fosse profonde où il a été accueilli avec consternation par toutes les charognes, mon corps ne fait qu'à sa tête, il m'échappe, se moque de son ancien porteur et trouble les calculs les plus invraisemblables de la nature. Oh, un jour je vous en parlerai, car on ne se débarrasse pas si aisément d'un corps qui a abrité pendant un siècle tant de vies. Je ne me rappelle plus qui l'avait déposé au bord de la falaise. Ce ne pouvait être que cette folle qui m'avait empoisonné avant de me livrer à la police. C'est vrai qu'on m'a battu, on m'a enchaîné, on m'a piqué avec une broche rougie au feu, on m'a suspendu par les pieds, on m'a ensuite suspendu par les mains et les pieds comme du gibier, on m'a tout fait et je n'ai rien senti : ma douleur était ailleurs. Mes yeux pleuraient tout seuls. Ils étaient tout le temps ouverts. Les larmes coulaient, coulaient, et de temps en temps je hurlais de rire. Mais, au fait, une évidence s'impose à moi : ici je ne suis pas seul, dans ce tunnel qui entoure la cité et nous enterre chaque jour un peu plus. Parfois il me semble entendre comme l'écho d'une voix, je le suis, et au moment où je m'approche vraiment, la voix se tait. Ici on ne voit pas. Nous ne sommes pas aveugles. Nos yeux sont grands ouverts. Mais à force de fixer les ténèbres, ils inventent des fantômes. Il m'arrive de vouloir boucher ces orbites qui, à force de rester ouvertes, ne cessent de grandir. Mais les remplir avec du sable ne dissipera pas les ténèbres, au contraire. Je me souviens de ce jeu dangereux qui consiste à fixer le soleil jusqu'à ne plus rien voir. Enfants, on s'amusait avec peu de chose, jusqu'au jour où l'un d'entre nous eut les yeux brûlés. Non, les yeux restent ouverts et ruissellent comme deux sources d'eau. Nos larmes servent au moins à irriguer les racines qui se répandent sous terre. Ce n'est qu'un détail, une chose superflue. Je ne mange plus, je ne respire plus, mais je parle et entends. Afin de ne pas disparaître, je vais être amené à inventer un personnage plausible, quelqu'un qui a les pieds sur terre et non sous terre, quelqu'un avec une tête où les yeux clignent, se ferment et s'ouvrent, où les larmes ne coulent qu'en de rares occasions, avec des jambes solides, un petit embonpoint et une voix grave, quelqu'un avec un sexe et des aventures, une mémoire qui ne retient pas tout, avec une maison, un jardin et une foule d'autres choses qui font que c'est un homme parmi les hommes. Car il n'est pas aisé de parler de dessous la terre et de maintenir cette présence portée par la voix. Ce n'est pas ma volonté qui est usée, c'est votre attention. J'entends des rires qui ressemblent à des craquements d'os, vous me direz, c'est normal, les morts ne rient pas, pas plus qu'ils ne pleurent, mais si des os se rencontrent ils font un bruit qui te paraît comme un rire, un rire nerveux. Tout cela ne tient pas. Ni debout ni couché. Car ici tout le monde a le même privilège : être couché sur le dos. Mais le monde au-dessus nous piétine avec arrogance. Ce n'est pas grave. On ne ressent plus rien. Seul moi qui suis encore en mesure de recevoir et de donner. Je suis un cas. Ma parole est mon unique bien. Mais parfois il me semble que mes mots me reviennent comme des taches encore plus noires que l'obscurité dans laquelle je patauge. Ils me sont retournés, écrasés, écrabouillés, crachés par une bouche usée par le beurre rance et l'alcool. C'est curieux comme nos concitoyens consomment l'alcool : de grands verres pleins à ras bord, avalés comme si c'était de l'eau. C'est normal que nos paroles, quand elles arrivent, soient rebutées. Elles reculent, ne supportant pas la mauvaise ivresse. Au fait, pourquoi le temps ne passe-t-il pas ? Pourquoi est-il retenu par cette immense muraille ? Qui a élevé cette muraille où, à la place des pierres, on trouve des crânes de toutes les formes et de tout âge ? Il paraît que c'est cela, le temps. Il est là. Il ne bouge plus. C'est lorsqu'on veut s'en approcher que la muraille se met à avancer comme pour nous écraser ou simplement nous avaler. D'ailleurs les crânes les plus anciens et les plus grands avalent les plus petits. C'est comme les poupées russes. J'ai assez observé les moindres petits mouvements de la muraille pour savoir qu'il n'y a pas que des crânes entassés, mais qu'il y a aussi des objets que les défunts emportent avec eux, c'est écrit par une après-midi d'été sur une feuille blanche où la main déjà tremblante recense les objets à donner et d'autres à emporter : beaucoup de bijoux, des photos, des bouteilles de vin, des instruments de musique, des cahiers, des peignes, des brosses à reluire, des chapelets, des boîtes de conserve, des perruques, des montres, et même des bouts de miroir ! Eh oui, même les morts aiment se regarder de temps en temps, pour vérifier si la pâleur éternelle n'a pas disparu, si un peu de couleur se serait glissée sous la peau, mais il n'y a plus de peau, plus de couleur.

A Tanger, nous avons un cimetière pour animaux. Je tiens à préciser que ce ne sont pas les Marocains qui l'ont créé, mais des Anglais du temps où la ville était internationale. Les Marocains n'ont pas l'amour des bêtes. Un jour, je vois arriver un vieil Anglais traînant un cheval. Il s'est fait enterrer avec son cheval. C'était dans son testament. Le vétérinaire anglais a piqué l'animal, qui est mort sur le coup. L'homme a souffert beaucoup avant de mourir. Le cheval n'a pas eu le temps de tomber malade. En tout cas, ils sont là, l'un à côté de l'autre. La muraille a déjà avalé le crâne du cheval qui a lui-même avalé celui de son maître. C'est ainsi. On ne trouve rien à dire ni à redire. C'est sans doute parce que ce matin ou cette nuit – comment le savoir ? – je fus pris d'un excès de lucidité un peu plus amère que d'habitude que j'ai laissé ma parole couler comme les larmes des yeux que je n'arrive pas à boucher, peut-être que j'y parviendrais si j'avais de la mie de pain, pas celle qui aurait passé la nuit dans la bouche du mort, mais une mie qu'on jette aux pigeons et qu'ils ne daignent pas ramasser. Je n'y mettrai jamais des billes de verre pour faire semblant d'avoir des yeux ou pour mourir les yeux éternellement ouverts.

A présent tout est calme. Pas de tempête. Pas de vent. Pas un souffle de vie. Tout est entré dans l'ordre. Chaque chose est à sa place. Tout le monde est englué de ténèbres et de boue. Seul, je suis à l'écart, au-dessus et à côté du désastre. C'est normal, il faut que de là où je me trouve je puisse continuer à parler. Si je m'arrête, une pelle me ramassera. Alors je parle. Tout seul. Je crie. Je ris. Je sais que vous m'entendez.

1992

XIV

Fès
Trente poèmes

Fès,
Livre des livres
Manuscrit enfoui
Oublié
Sous les dalles d'une demeure interdite

Chaque page est un conte
Troué par les rats
Chaque maison est une fable
Illisible
Une porte sur l'obscur

Des syllabes tombent en poussière
Des pierres enceintes crachent des souvenirs
L'humidité leur a rendu l'âme
Images embellies

Les hommes passent et piétinent le temps
Ils ne savent pas ce qu'ils font

Fès est dans les mots
Ruelles trahies, vendues par les enfants de l'erreur.

C'est une tête lourde qui chancelle
Tremble mais ne tombe pas

C'est un esprit englouti dans la boue
C'est un corps couché sur le ventre
Irrigué par la rivière des égouts

C'est une bouche fermée
Sur l'histoire du monde

Murailles et portes déposées
Hors du temps

Fès se lève et trébuche
Des enfants venus d'ailleurs
Crachent sur la pierre qui se souvient.

Quel malheur a fait sa demeure
Dans les ruelles d'enfance ?

Le soleil quitte la ville
Emportant les terrasses vers les sables

Les traverses se superposent
Entre les mains des artisans
Des mains pleines de couleurs,
Rongées par le bruit et la rouille.

Les murs se poussent
Le ciel s'éloigne

Fès a sommeil
Elle dort pour ne plus panser ses blessures.

De la colline
Fès tient dans la paume d'une main
Main de Dieu ou d'un mendiant

Fès lovée dans un silence blanc
Un silence vivant
Étalant sur les terrasses
Le drap des ancêtres

Fès est dans un bol de faïence
Un plat de Chine
Un panier d'osier

Tant de calme brûle les yeux
Fès n'est plus dans le val
Elle voyage, voyage et s'endort
Dans la banlieue de Venise.

On imagine Moulay Idriss
Arrêtant son cheval devant une source d'eau
Et décide que ce sera le cœur de Fès.

On croit même la légende :
La ville porte le nom de la pioche qui l'a éventrée.

On aime ces histoires de sources d'eau rivales,
Croisées par la volonté d'un conquérant d'Arabie.

Mais Fès a vécu et a oublié.

Au quartier Makhfiya
Dans la sombre ruelle pavée de pierres
Et de tessons de bouteilles
Des murs noirs de suie et de goudron
S'ouvrent aux porteurs de viande de chameau
Aux petites filles cherchant l'eau à la fontaine
Aux mitrons au crâne rasé
Planches de pain et de galettes sur la tête

Fès creuse ainsi son secret
Dans Makhfiya
Elle jette dans le puits
Gingembre et noix de muscade.
Elle ferme les yeux
Et ouvre ses poumons pleins de trous.

Les tanneurs de Fès
Sentent la peau humide et fétide

Ils plongent leurs mains dans l'eau chaude
Eau trouble et lourde

Ils plongent l'âme et le destin
Dans la marmite des couleurs
La tête pleine
La tête encombrée de regrets

Les tanneurs de Fès
Survivent puis meurent
Le corps enduit de safran
Pendant que les peaux sèchent au soleil.

Moulay Idriss
Immigré au drapeau vert
Conquérant au regard paisible
Maçon aux mains lourdes
Saint
Père fondateur
Refuge des mendiants et des voleurs
Messager des pauvres et des puissants
Mausolée parfumé
Conte et chaos
Légende de miel
Maître et patron de la ville
Sourcier briseur d'idoles
Arpenteur des lieux et des rêves
Inventeur de labyrinthes
Histoire infinie de puits et de source
Mémoire en feu
Gardien de l'âme
Créateur de murailles
Passeur de silences
Troubadour de la beauté

Moulay Idriss
A créé Fès comme on plante un olivier
Dans une terre brûlée
Il a cherché l'origine de l'eau
Et l'a suivie.

Les terrasses de Fès
Sont couvertes de linceuls qui sèchent au soleil
Les morts n'en ont plus besoin
Des enfants d'El Gbeb les ont ramassés sur les tombes

Fès ne sait plus que faire de ses morts
Qui refusent de dormir

On dit même que des corps blafards
Étaient au café d'El Achabine
Nus
Les yeux blancs,
Les mains mangées par les fourmis.

La ville est descendue aux sous-sols du souvenir
Pour échapper au typhus.

Le ciel d'hiver a déposé sur la ville
Un drap humide
Une couverture de coton fin
Une main légère
Une brume importée.

Enveloppée
Ficelée de fils d'or de Sicile
Fès ramasse ses rues et ses minarets

Fès tombe dans le silence
Et attend le retour des enfants

Fès tombeau pour une haute mémoire
Palais pour les échos du rire,
Ou simple asile de paysans sans terre ?

Fès aimée
Fès trahie
Fès oubliée, emportée sur un paquebot
Vers Venise
Pour laver les murs et paver les rues.

Fès est une nuit de Shahrazade
Avec ses palais abîmés
Ses ruelles infinies
Avec ses pierres
Ses mots, ses versets et ses étoiles déchues.

Fès circule au Caire, la jupe fendue, le buste nu
Fès s'installe au marché de Sana'a
Et essuie les balles de la guerre

Fès voyage
Et lâche ses oripeaux
Partout où elle est prise d'asthme.

Blanc sur blanc
Secret sur secret
Énigme cruelle
La ville soulève ses demeures
Les dépose sur la montagne
Détourne la rivière
Et laisse les artisans sans travail.

Terre battue
Cimetière retourné
Arbres alignés dans une cité de verre
Amours interdites
Pour jeunes filles oubliées dans la grande mosquée.

Traces de mains blanches
Sur les souvenirs
Dans l'armoire des plats qui ne servent plus.

Missives jamais envoyées
Entourées de fils d'or et d'argent

Dalles de marbre délogées
Stèles offertes aux absents

Des noms et des dates
Des roses et des palmes incrustés dans le bois et le plâtre

Fès ouvre ses portes
Remplit l'encensoir et le fait porter
Dans les mosquées, dans les bains, dans les prisons en fête.

Que faire contre l'oubli
Quand les pierres s'effritent et perdent leurs syllabes ?

Celui qui porte Fès dans les semelles du vent
Avance sans se retourner
Les murailles devenant amas de sel
Les maisons perdant leurs fenêtres
Et les colombes.

Celui qui voyage, l'amour de Fès dans les yeux,
Perd sa langue natale
Et le souvenir d'enfance.

Fès ne s'en va nulle part
Elle est là,
Immobile et éternelle,
Vieille princesse aux amants infidèles
Grande dame aux pieds nus
La chevelure lâchée dans la cour du palais
Mémoire muette
Arrêtée par le temps qui s'ennuie.

Fès est assise
Les jambes écartées et attend
Séville et Grenade.

La robe est suspendue
Couvrant le lustre vénitien
Les mites tombent
Sur la calvitie des marchands du temple
L'humidité suinte du plafond
Elle glisse sur les visages endormis
La maison avance vers le jardin
Et perd ses occupants

Seule épargnée
La vieille esclave de Guinée
Elle regarde la ville descendre dans la tombe
Et fume une pipe de kif.

Et cette dame assise que rien ne dérange
Lèvera-t-elle la tête une fois
En signe de refus ?

L'âne boit à la fontaine
Là où les paysannes rincent le linge
Le mendiant tend la main et crache de fatigue

Seuls les enfants passent
Légers et heureux
A travers la chevelure trempée dans l'huile
Ils tournent autour d'elle
Et chantent pour la faire rire.

La dame assise somnole
Les yeux ouverts.

Fès n'est ignorante de rien
Sa tristesse est feinte
Ses silences insérés entre les pierres
Ses yeux brûlés par l'encens
Se perdent dans les vapeurs
Ses pieds d'argile s'étendent
Et se souviennent :

De Bagdad échappa Idriss
De Cordoue arrivèrent les Andalouses
De Kairouan émigrèrent les artisans
Et du Sahara arriva un homme voilé
Pour abattre les murailles.

Fès aimait s'entourer de jardins
Aux cœurs suspendus
Elle se laissait fendre par une rivière
Aux cailloux d'argent

Fès ne désespérait pas ses oiseaux
Et leur intimait l'exil des buissons

Elle donnait asile aux regards outragés
Dans le cimetière des Dômes
A côté des ancêtres
Et des âmes éteintes

Fès faisait l'inventaire des cieux
Et gardait pour l'hiver
Quelques bris d'étoiles.

Quand le vent rapporte les paroles murmurées des amants
Quand la pluie lave la cour de la grande maison
La lumière du soir se fait douce
Et couvre Fès d'un voile de poussière

La nuit tarde à venir
Car la lune s'est versée dans les yeux clairs
D'une femme
Qui a tout perdu sauf la raison.

Fès la garde depuis des siècles
Dans la jarre du palais.

On dit que l'eau de Fès donne du goût à la vie
Mêlée à la menthe de Meknès
Elle rafraîchit les cœurs

On dit que l'huile de Fès
Sur le gingembre
Redonne espoir aux destins brisés

On dit aussi que les femmes de Fès
Ont la peau très blanche et les reins fragiles
Elles sont grasses et aiment le rire

On dit que les hommes sont bâtisseurs
Indolents et joueurs.

Le temps est tombé dans les restes d'une clepsydre
Il ne s'est pas arrêté
Il s'est noyé dans le carillon à eau.

Dar El Magana
La maison de l'horloge
Ne donne plus l'heure
Elle dit l'éternité

Treize consoles de cèdre
Veillent sur la durée infinie
De la pierre et de la lumière

Les petits faucons sortent
Pour attester :
Cette maison du temps est
Demeure de l'immortalité.

Dans le Dîwan d'El Attarine
Le marché des épices fait de la musique
Le cumin et le poivre
La cannelle et le poivron soudanais
Le gingembre et les graines de coriandre
Le safran d'Andalousie
Et le sel marin
Le thé de Chine et la muscade
Le thym et le laurier
Échangent leurs couleurs
Quand passe la mariée sur dos de mulet
Mélangent les parfums
Et donnent l'ivresse
Au chamelier ruiné.

Au fond du Dîwan
Le bleu de méthylène est dans un sac de jute
Oublié
A côté de la chaux.

Il a mangé de la terre, de la cendre
Et du pain rassis
Il a bu l'eau du puits

Comme une feuille d'automne
Il est tombé doucement
Sur un lit de laine sauvage
Il s'est retourné pour voir la lumière
Et il n'a vu que l'ombre du ciel
La ville natale est ainsi
Une famille qu'on n'a pas élue
Qui vous poursuit
Et colle à votre langue

On dit né à Fès
Comme pour vaincre le destin
Mais Fès est une mère abusive
Qui serre dans ses bras des enfants fantômes.

Bab Ftouh n'est plus à sa place
Elle est partie avec le vent d'automne
La muraille a tourné
Et Bab Boujloud donne sur l'Oued Sebou

La ville repliée sur son orgueil
Tombe de sommeil
Toutes ces portes décalées dans le temps
Toutes ces fenêtres parties à la campagne
L'ont rendue maussade

Pourquoi tant d'inconnus
Se pâment devant les restes
D'un corps qui n'a plus de visage ?

Sur les épaules de mon père
J'ai vu la Kissaria offerte aux flammes
Des étoiles accompagnant le travail du feu
J'ai vu des pieds piétiner des corps
J'ai vu des femmes courir dans la mosquée des hommes
J'ai entendu le muezzin appeler à la fuite
L'incendie éclairait le labyrinthe
Des miroirs l'arrêtaient
Et Fès
La vieille cité
Essayait d'éteindre le feu avec ses larmes.

Pourquoi Fès a-t-elle rénié les racines ?
Pourquoi le temps l'a oubliée dans un coin sombre ?
Pourquoi les rues se sont-elles affaissées
Et les murs se sont rapprochés ?

Est-ce la ville ou ses masques
Qui ont retenu la pauvreté ?
Est-ce la rumeur ou la prière
Qui ferme les yeux à l'éternelle mariée ?

Est-ce l'orgueil des pierres
Ou la confusion des temps qui l'a mise hors d'atteinte ?

Fès l'endormie ne fait plus de rêves
Garde le nom et le prestige
Pendant que des paysans font du feu
Avec une porte du treizième siècle.

Eau pure
Que de chemins lus et relus
Eau de source
A la science mêlée
Donnant la lumière aux naissances
Et aux visages défaits.

Fès n'a plus que l'eau
pour retenir
Elle a le teint d'une mort injuste
Vaincue par les nuits lourdes
Saccagée par des conteurs indignes

Quelque chose s'est déchiré
Dans la robe brune de l'hiver
Fès est dénudée par le vent, le froid et l'oubli.

Je me souviens de jeux interdits sur les terrasses
Où le corps des jeunes filles s'évade
Où nos mains se dispersent
A la recherche des seins nubiles
Où la peur est joie insolente
rassemblant nos ruses et nos rires
la peur blanche du plaisir inconnu
A même le sol
Nous découvrons
L'amère brûlure de l'amour.

Est-ce grâce aux murailles
Aux collines des saints et des morts
Est-ce parce que l'âme de la ville
Est toujours vive
Est-ce à cause de la beauté
De quelques femmes et légendes
Que la solitude
L'immense manteau de bure
La grande peur du vide
N'a jamais pénétré les entrailles de Fès ?

C'est que la ville est elle-même
Solitude souveraine
Grandiose et hautaine.

Chaque pierre est une blessure
Une histoire mal contée.

A présent que je dénude l'absente
Loin de ses visages fardés par tant d'oubli

A présent que le tombeau est prêt
Que les pleureuses sont venues
Du Sénégal et de Guinée

Fès se retourne dans sa couche
Comme si elle n'était pas souffrante
Éloignant d'elle le spectre de la fin
Elle dit Venise, Petra et Babylone
Sans nostalgie
Sans haine
Elle rassemble ses membres
Classe ses quartiers
Fait l'inventaire de ses pertes
Efface le faux
Et traîne dans les mosquées.

Il ne m'est de Fès que la sourde douleur
Hors des mots
Même si nous nous sommes perdus
Au large de nos espérances
A la limite de l'étoile morte.

Fès circule dans les mémoires
Et coule dans les chansons pathétiques
Mendiant une couverture
Pour l'hiver des ruines
Rappelant sa gloire et ses victoires

Ah Fès ! Que n'es-tu une brûlure de jeunesse
Une fresque dans un musée
Une terre d'asile pour les naufragés
des nuits andalouses ?
Que n'es-tu l'ardeur de nos désirs
Manuscrit trouvé à Grenade ?

Oh Fès ! Notre angoisse qui déchire les draps de l'ennui
Notre sagesse rance
Notre désert intérieur
Terre impie
Arbre voguant sur les mers chaudes

Ah Fès !
Prière indécente
Parole outrageante
Petite gloire dévastée
Pourquoi es-tu si amère ?

Ton étoile s'est mêlée au sel
Et nous nous regardons
Dans ton visage
Miroir de notre âme.

XV

Cinq poèmes sur la peinture
de James Brown

L'arbre est une pensée
au visage révulsé
une traversée des signes
d'une histoire dépouillée de sa jeunesse
et de ses fastes.

La couleur a imbibé la mémoire
et descend l'échelle des mots
jusqu'à dessiner
la figure de l'évidence.

C'est la main la fulgurance
le sens
la présence au-delà de toute ressemblance.

Au ravin des syllabes
des débris de rêves avalent
les feuilles grasses de l'hiver.

Une pensée sur les nues
c'est comme un visage tiré vers le ciel.

La poussière tombe sur les voyelles du doute
l'un et l'autre
comme la chair effacée.

L'ombre n'a plus de corps
elle glisse dans les blancs de la nuit
achevée par l'amour solitaire.

Les nues brisent leur apparence
et l'œil s'ouvre
sur le bleu de l'absence.

La main lape l'absence
laissant des traces d'oiseau blessé
agonie dressée contre la mort qui trébuche.

Est-ce le sang ou de la couleur
qui suinte de l'arbre
ou n'est-ce qu'un visage rêvé par l'exil ?

Une apparence dans un miroir ancien
où le temps a déposé un peu de sable,
de la rouille et de l'écume glacée
usure annoncée
d'un souvenir qui a égaré sa demeure.

Le vent est passé sur le suaire des vaincus.
Sous la pierre, une autre vie
absente des noces
où la douleur s'élargit
ultime résidence de la parole
la terre tremble de rire et d'étonnement.

Et la bête affolée se cabre
quand au loin
un homme et une femme s'accouplent
dans un cimetière.

Le vent du retour
écrit l'abandon.

L'errance est fille de la nuit
quand la peine travaille les cœurs
et l'âme traîne dans l'arrière-pays.

Ce palmier n'est qu'un souvenir
d'une vie vaste
lassée par le songe triste.

Il creuse son ombre dans la pierre ancienne
comme une plainte inutile.

La nuit peuplée d'ombres, de mers, de flots,
d'épées et d'étoiles déchues,
la nuit ardente illusion
mange les forêts, le bleu du ciel
et l'épais silence de l'éternité.

Comme un fauve dissimulant ses griffes
la lune, froide et mélancolique,
la lune mourante
guette les hommes atteints d'insomnie.

Premières publications

L'Aube des dalles et *Hommes sous linceul de silence*, Casablanca, Éditions Atlantes, 1971.

Cicatrices du soleil, Paris, Éditions François Maspero, coll. « Voix », 1972.

Le poème de la page 139 a été publié dans le n° 62 de *Politique Hebdo*.

Le Discours du chameau, Paris, Éditions François Maspero, coll. « Voix » 1976.

Le texte de Mahmoud Darwich, page 181, a été traduit de l'arabe par Abdel Wahab Meddeb, et publié dans les *Cahiers du cinéma*, n° 256.

Les amandiers sont morts de leurs blessures, Paris, Éditions François Maspero, coll. « Voix », 1976.

A l'insu du souvenir, Paris, Éditions François Maspero, coll. « Voix », 1980.

Marseille comme un matin d'insomnie. Poèmes écrits sur des photographies de Thierry Ibert, Marseille, Le Temps Parallèle-Éditions, 1986.

Atteint de désert, poèmes écrits sur des photographies de Bernard Descamps, Mulhouse, AMC, 1987.

La Remontée des cendres, Paris, Éditions du Seuil, 1991.

Non identifiés, in *La Remontée des cendres*, Paris, Éditions du Seuil, 1991.

Clair-obscur, poèmes écrits à partir des peintures de Mohamed Bennani, retranscrits ensuite sur les toiles et publiés en un album aux éditions J.-P. Barthélémy, Besançon, 1993.

« Le toucher du regard » a été publié dans *Louise Brooks*, Paris, Phœbus, 1977.

Le poème de la page 518 a été publié dans *Citadelles du désert*, photos Philippe Lafond, Nathan Images, 1991.

Les poèmes des pages 533 à 563 ont été écrits pour un livre de photographies de Bruno Barbey sur Fès, accompagnées d'un texte de Mohamed Bennouna et à paraître aux éditions de l'Imprimerie nationale.

Table

VI

A l'insu du souvenir

VII

Marseille
comme un matin d'insomnie

VIII

Atteint de désert

IX

La remontée des cendres

X
Non identifiés

XI
Clair-obscur

XII
Les pierres du temps

XIII
Le retour de Moha

XIV
Fès
Trente poèmes

XV
Cinq poèmes sur la peinture de James Brown

Du même auteur

Harrouda
roman, Denoël, coll. « Les lettres nouvelles », 1973
coll. « Relire », 1977, coll. « Médianes », 1982

La Réclusion solitaire
roman, Denoël, coll. « Les lettres nouvelles », 1973
Seuil, coll. « Points Roman », n° R50

Les amandiers sont morts de leurs blessures
poèmes et nouvelles suivis de
Cicatrices du soleil *et de* Le Discours du chameau
Maspero, coll. « Voix », 1976, repris dans PCM, 1979
prix de l'Amitié franco-arabe, 1976
Seuil, coll. « Points Roman », n° R218

La Mémoire future
Anthologie de la nouvelle poésie du Maroc
Maspero, coll. « Voix », 1976 (épuisé)

La Plus Haute des solitudes
Seuil, coll. « Combats », 1977
coll. « Points Actuels », n° A25

Moha le fou, Moha le sage
roman, Seuil, 1978, prix des Bibliothécaires de France
et de Radio Monte-Carlo, 1979
coll. « Points Roman », n° R8

A l'insu du souvenir
poèmes, Maspero, coll. « Voix », 1980

La Prière de l'absent
roman, Seuil, 1981
coll. « Points Roman », n° R86

L'Écrivain public
récit, Seuil, 1983
coll. « Points Roman », n° R383

Hospitalité française
Seuil, coll. « L'histoire immédiate », 1984
coll. « Points Actuels », n°A65

La Fiancée de l'eau
théâtre, suivi de
Entretiens avec M. Saïd Hammadi,
ouvrier algérien
Actes Sud, 1984

L'Enfant de sable
roman, Seuil, 1985
coll. « Points Roman », n°R296

La Nuit sacrée
roman, Seuil, 1987
prix Goncourt
coll. « Points Roman », n°R364

L'Enfant de sable *et* La Nuit sacrée
Seuil, un seul volume relié, 1987

Jour de silence à Tanger
récit, Seuil, 1990
coll. « Points Roman », n°R470

Les Yeux baissés
roman, Seuil, 1991
coll. « Points Roman », n°R500

Alberto Giacometti
Flohic, 1991

La Remontée des cendres
Poème, édition bilingue,
version arabe de Kadhim Jihad,
Seuil, 1991
coll. « Points Roman », n°R625

L'Ange aveugle
nouvelles, Seuil, 1992
coll. « Points Roman » n°R643

L'Homme rompu
roman, Seuil, 1994

La Soudure fraternelle
Arléa, 1994

Le premier amour est toujours le dernier
nouvelles, Seuil, 1995

RÉALISATION : ATELIER GRAPHIQUE DES ÉDITIONS DE SEPTEMBRE
IMPRESSION : B.C.I. À SAINT-AMAND (CHER)
DÉPÔT LÉGAL : FÉVRIER 1995. N° 23904 (94/999)